BORIS VIAN

Werke

in Einzelausgaben

Herausgegeben von
Klaus Völker

BORIS VIAN

Drehwurm, Swing und das Plankton

Vercoquin et le plancton

Deutsch von
Eugen Helmlé

Verlag Klaus Wagenbach   Berlin

Inhalt

Auftakt 9

1. *Beim Major wird geswingt* 13
2. *Im Schatten der Vervielfältigungsgeräte* 61
3. *Der Major im Hypoid* 109
4. *Die Leidenschaft für Jitterbugs* 157

Zu dieser Ausgabe 176

*Drehwurm, Swing und
das Plankton*

Auftakt

Wenn man seine Jugend damit zugebracht hat, im Deux-Magots Kippen aufzulesen, in einem düsteren, schmutzigen Hinterhofschuppen Gläser zu spülen, sich im Winter mit alten Zeitungen zuzudecken, um auf der eisigen Bank, die einem als Schlafzimmer, Behausung und Bett dient, warm zu werden, wenn man mal von zwei Polizisten aufs Revier geführt worden ist, weil man beim Bäcker ein Brot gestohlen hat (nicht wissend damals, daß es viel einfacher ist, es einer alten Frau, die vom Markt kommt, aus dem Einkaufsnetz zu klauen); wenn man dreihundertfünfundsechzigeinviertel Mal im Jahr von der Hand in den Mund gelebt hat wie der Kolibri auf dem Zweig des Zürgelbaums (falls das Bild erlaubt ist), mit einem Wort, wenn man sich von Plankton ernähren mußte, dann hat man wohl Anspruch auf den Namen realistischer Schriftsteller, und die Leute, die dich lesen, denken bei sich: dieser Mann hat erlebt, was er erzählt, er hat empfunden, was er schildert. Manchmal denken sie auch was anderes oder überhaupt nichts, aber für die Fortsetzung ist das unerheblich.

Doch ich habe immer in einem guten Bett geschlafen, ich rauche nicht gern, das Plankton reizt mich in keiner Weise, und wenn ich etwas gestohlen hätte, dann wäre es Fleisch gewesen. Nun führen dich aber die Metzger, die von Natur aus blutrünstiger sind als die Bäcker (deren Blut eher an Blutwurst erinnert), nicht wegen eines armseligen Abfallsteaks – das es beim Bäcker nicht gibt – aufs Polizeirevier, sondern halten sich eher mit kräftigen Stiefeltritten ins verlängerte Rückgrat an dir selber schadlos.

Außerdem ist dieses Meisterwerk – ich meine damit: Drehwurm und so weiter, kein realistischer Roman in dem Sinne, daß sich alles, was darin erzählt wird, auch wirklich zugetragen hat. Könnte man das Gleiche auch von den Romanen Zolas sagen?

Infolgedessen ist dieses Vorwort völlig unnötig und erreicht damit genau das angestrebte Ziel.

Boris Vian

Erster Teil
Beim Major wird geswingt

1 Da der Major alles richtig und korrekt machen wollte, beschloß er, daß seine Abenteuer diesmal genau in dem Augenblick beginnen sollten, in dem er Zizanie kennenlernen würde.

Es herrschte strahlendes Wetter. Der Garten strotzte von gerade aufgebrochenen Blüten, deren Schalen auf den Gehwegen einen unter den Füßen knackenden Teppich bildeten. Ein riesiger Kleinkratzer aus den Tropen bedeckte mit seinem dichten Schatten den durch das Aufeinanderstoßen der Süd- und der Nordmauer gebildeten Winkel des prächtigen Parks, der den Wohnsitz – einen der zahlreichen Wohnsitze – des Majors umgab. In dieser gemütlichen Atmosphäre hatte Antioche Tambrétambre, der rechte Arm des Majors, am gleichen Morgen, beim Ruf des weltlichen Kuckucks, die grün gestrichene Bank aus Erdbeerbaumholz aufgestellt, die man bei solchen Gelegenheiten benutzte. Um welche Gelegenheit handelte es sich? Nun, die Zeit ist gekommen es zu sagen: man war im Monat Februar, mitten in den Hundstagen, und der Major wurde einundzwanzig Jahre alt. Also gab er eine Party in seinem Haus in Ville d'Avrille.

2 Auf Antioche ruhte die gesamte Verantwortung für die Organisation des Festes. Er verstand sich bestens auf diese Art Zeitvertreib, und da er außerdem großartig darauf trainiert war, ohne Schaden zu nehmen, Hektoliter gegärten Gebräus zu konsumieren, eignete er sich besser als jeder andere für die Vorbereitung der Party. Das Haus des Majors kam den Absichten Antioches, der seinem kleinen Fest einen strahlenden Glanz verleihen wollte, sehr entgegen. Antioche hatte an alles gedacht. Ein Plattenspieler mit vierzehn Röhren, davon allein zwei, um bei Stromausfall durchzugucken, thronte, von ihm höchstpersönlich aufgestellt, im großen Salon des Majors, reich geschmückt mit Skulpturen auf en-

[13]

dokrinen Drüsen, die Professor Marcadet-Balagny, der berühmte Assistenzarzt des Lycée Condorcet, im Sonderkrankenrevier der Polizeiverwahrungsanstalt eigens für die beiden Kumpane herstellen ließ. In dem riesigen Raum, den man für diesen Anlaß umgeräumt hatte, standen nur noch einige mit glänzendem Narvikleder bezogene Sofas, die unter den schon sehr warmen Sonnenstrahlen rosafarbene Reflexe warfen. Ferner sah man darin zwei mit Leckerbissen überladene Tische: Kuchenpyramiden, Grammophonzylinder, Eiswürfel, Freimaurerdreiecke, magische Quadrate, hohe politische Kreise, Kegel, Reis usw. Flaschen mit tunesischem Nansouk standen neben Flakons mit Überschnapp, Funèbre-Fils-Gin (aus Tréport), Lapupacé-Whisky, Ordener Wein, Thüringer Wermuth und so vielen köstlichen Getränken, daß man sich nur mit Mühe darin zurechtfand. Braungebrannte Kristallgläser standen in dichten Reihen vor den Flaschen, um die astringierenden Mixturen in sich aufzunehmen, die Antioche zusammenzubrauen sich anschickte. Blumen schmückten die Kronleuchter, und ihre penetranten Düfte ließen einen fast sofort in Ohnmacht fallen, so stark packte einen ihr unvorhergesehener Wohlgeruch. Antioches Auswahl, wie immer. Schließlich stapelweise Schallplatten, auf der Oberfläche mit symmetrischen und dreieckigen Reflexen moiriert, die voller Gleichgültigkeit auf den Augenblick warteten, in dem die Nadel des Plattenspielers ihnen die Haut mit ihrer spitzen Liebkosung zerreißen und ihrer spiralenförmigen Seele den in der Tiefe ihrer schwarzen Rille eingefangenen Lärm entreißen würde.

Es gab da vor allem *Chant of the Booster* von Mildiou Kennington und *Garg arises often down South* von Krüger und seinen Boers ...

3 Das Haus lag ganz in der Nähe des Parks von Saint-Cloud, zweihundert Meter vom Bahnhof von Ville d'Avrille entfernt, und es hatte die Nummer einunddreißig der Rue Pradier.

Eine chemisch dreißigprozentig reine Glyzinie beschattete die majestätische Toreinfahrt, die von einem zweistufigen Treppenstück verlängert wurde, das in den großen Salon des Majors führte. Um zur Toreinfahrt selbst zu gelangen, mußte man zwölf Stufen aus eng ineinander verzahnten Natursteinen, die durch diesen Kunstgriff eine Treppe bildeten, hinaufsteigen. Der Park, zehn Hektar groß (und teilweise im ersten Kapitel beschrieben), war mit mannigfaltigen Baumarten und Treibhölzern bestanden, zwischen denen man Treibjagden veranstalten konnte, bevor sie zu Treibstoff wurden. Wildkaninchen trieben sich zu jeder Tages- und Nachtzeit auf dem Rasen herum, wo sie nach Erdwürmern suchten, auf die diese Tiere ganz besonders versessen sind. Ihre langen Schwänze schleiften hinter ihnen her und verursachten dieses charakteristische Geraschel, dessen völlige Unschädlichkeit die Forscher mit Vergnügen festgestellt haben.

Ein gezähmter Mackintosh, der ein Halsband aus rotem, mit Alabasternägeln beschlagenem Leder trug, spazierte mit melancholischem Ausdruck auf den Wegen umher und trauerte seinen heimatlichen Hügeln nach, auf denen der Bagpiper wuchs.

Die Sonne warf auf alle Dinge ihren klaren Blick gekochten Ambers, und die feiernde Natur zeigte beim Lachen alle ihre südlichen Zähne, die zu dreiviertel goldplombiert waren.

4 Da der Major Zizanie noch nicht begegnet ist, haben seine Abenteuer auch noch nicht begonnen und infolgedessen kann er noch nicht auftreten. Daher versetzen wir uns jetzt auf den Bahnhof von Ville d'Avrille, und zwar genau zu dem Zeitpunkt, wo der Zug aus Paris aus dem schattigen Tunnel herauskam. Dieser Tunnel war dazu bestimmt, einen Teil der Eisenbahnlinie, die Ville d'Avrille mit Saint-Cloud verbindet, vor dem Regen zu schützen.

Lange bevor der Zug vollständig hielt, begann eine dichte Menge aus den automatisch schließenden Türen zu rieseln, auf die die regelmäßigen Benutzer der Gare Saint-Lazare seit der Inbetriebnahme dieser rostfrei genannten Wagen auf der Linie Montparnasse mächtig stolz waren – obgleich es nicht ihr Verdienst war. Die Wagen verfügen über mehrere automatische Türen und über hochklappbare (oder nach Wunsch herunterklappbare) Trittbretter, was gegen die Regel ist.

Diese dichte Menge begann stoßweise zu der einzigen Bahnsteigsperre hinzuströmen, die von Pustoc und seiner roten Mähne bewacht wurde. Diese dichte Menge enthielt eine große Anzahl junger Leute beiderlei Geschlechts, die einem völligen Mangel an Persönlichkeit ein solch ungezwungenes Verhalten hinzufügten, daß der Mann an der Sperre zu ihnen sagte: »Um zum Major zu kommen, überqueren Sie die Fußgängerbrücke, nehmen die Straße gegenüber dem Bahnhof, dann die erste rechts, die erste links, und schon sind Sie da.«

»Danke«, sagten die jungen Leute, die mit sehr langen Anzügen versehen waren und mit sehr blonden Begleiterinnen. Es waren etwa dreißig. Weitere würden mit dem nächsten Zug kommen. Weitere würden mit dem Auto kommen. Alle gingen zum Major.

Sie gingen mit langsamen Schritten die Avenue Gambetta hinauf, wobei sie kreischten wie Pariser auf dem Lande. Sie konnten keinen Flieder sehen ohne zu rufen: »Oh! Flieder!« Es war überflüssig. Aber das zeigte den Mädchen, daß sie was von Botanik verstanden.

Sie kamen in der Rue Pradier einunddreißig an. Antioche hatte dafür gesorgt, daß die Gartentür aufstand. Sie betraten den schönen Park des Majors. Der Major war nicht da, weil Zizanie mit dem Auto kommen sollte. Sie hänselten den Mackintosh, der »Pssh« machte und abhaute. Sie schritten die Stufen der Freitreppe hinauf und betraten den Salon. Darauf löste Antioche den harmonischen Taumel des Plattenspielers aus, und die Party, oder was dafür galt, begann. In diesem Augenblick dröhnte ein Auto vor dem Gartentor, fuhr in den Park, die linke Allee hinauf, wendete, um vor der Freitreppe haltzumachen, machte tatsächlich halt und fuhr rückwärts wieder los, weil der Fahrer vergessen hatte, die Bremsen anzuziehen, fuhr wieder nach vorn, hielt vor der Freitreppe und blieb endgültig stehen.

Ein junges Mädchen stieg aus. Es war Zizanie de La Houspignole. Und hinter ihr kam Fromental von Drehwurm.

Darauf entstand eine große Stille, und der Major erschien oben auf der Freitreppe.

Er sagte: »Guten Tag« ... und man sah, daß er beeindruckt war.

2 (Das ist nunmehr das Kapitel 2, weil die Abenteuer des Majors im vorigen Kapitel mit der Ankunft Zizanies begonnen haben.)

Beeindruckt ging der Major also einige Stufen hinab, drückte den beiden Ankömmlingen die Hand und führte sie in den großen Salon, der vollgestopft war mit Paaren, die beim Klang von *Keep my wife until I come back to my old country home in the beautiful pines, down the Mississippi river that runs across the screen with Ida Lupino,* dem letzten Modeschlager, sich prustend schüttelten. Es war ein elftaktiger Blues, in den der Komponist geschickt einige Stellen eines Swing-Walzers ein-

[17]

bezogen hatte. Eine Schallplatte für einen Party-Anfang, nicht zu langsam, mitreißend, die ausreichend Lärm machte, um das Stimmengewirr und die Geräusche unruhiger Füße zu überdecken.

Der Major, der plötzlich nichts mehr von der Gegenwart Fromentals wußte, packte Zizanie mit beiden Händen um die Taille und sagte zu ihr: »Tanzen Sie mit mir?« Sie antwortete: »Aber ja...« Und er schob ihr seine rechte Hand an den Hals, während er mit der linken die Finger des blonden Kindes drückte, die auf seiner muskulösen Schulter lagen.

Der Major hatte eine ziemlich persönliche, auf den ersten Blick etwas verwirrende Art zu tanzen, an die man sich aber ziemlich schnell gewöhnte. Ab und zu blieb er auf dem rechten Fuß stehen und hob das linke Bein so, daß der Oberschenkelknochen mit dem senkrecht gehaltenen Körper einen Winkel von 90 Grad bildete. Das Schienbein stand parallel zum Körper, entfernte sich dann mit einer krampfartigen Bewegung leicht von ihm weg, wobei der Fuß während dieser Zeit völlig waagrecht blieb. Nachdem das Schienbein wieder senkrecht geworden war, ließ der Major seinen Oberschenkelknochen herunter und tanzte weiter, als ob nichts wäre. Er vermied die allzu großen Schritte, die ermüdend sind und blieb immer deutlich auf der gleichen Stelle stehen, ein seliges Lächeln auf den Lippen.

Unterdessen regte ihn sein aktiver Geist zu einer originellen Gesprächseinleitung an.

»Tanzen Sie gern, Mademoiselle?«

»Oh ja!« antwortete Zizanie.

»Tanzen Sie oft?«

»Äh ... Ja«, antwortete Zizanie.

»Was tanzen Sie am liebsten? Swing?«

»Oh ja!« antwortete Zizanie.

»Tanzen Sie schon lange Swing?«

»Aber ... Ja«, antwortete Zizanie erstaunt.

Diese Frage schien ihr überflüssig.

»Glauben Sie keine Minute«, fuhr der Major fort, »daß ich Ihnen diese Frage stelle, weil ich finde, daß Sie schlecht tanzen. Das wäre sicherlich falsch. Sie tanzen wie jemand, der daran gewöhnt ist, oft zu tanzen. Aber das könnte eine Naturbegabung sein, und es könnte sein, daß Sie erst seit kürzester Zeit tanzen ...«

Er lachte dumm. Zizanie lachte ebenfalls.

»Kurz und gut«, fuhr er fort, »tanzen Sie oft?«

»Ja«, antwortete Zizanie voller Überzeugung.

In diesem Augenblick brach die Platte ab, und Antioche begab sich zum Instrument, um die Störenfriede zu vertreiben. Der Plattenspieler stellte sich automatisch ab und niemand brauchte sich ihm zu nähern. Aber eine gewisse Janine, die für die Schallplatten ziemlich gefährlich war, stand da, und Antioche wollte jegliche Komplikation vermeiden.

Unterdessen sagte der Major:

»Danke, Mademoiselle«, und blieb stehen.

Darauf sagte Zizanie:

»Danke, Monsieur«, und trat leicht zur Seite, wobei sie mit den Augen jemanden suchte. Da tauchte Fromental von Drehwurm auf und bemächtigte sich Zizanies. Genau in diesem Augenblick ertönten die ersten Takte von *Until my green rabbit eats his soup like a gentleman,* und der Major wurde vom Stachel eines Flohs, der zwischen seinem Hemd und seiner Epidermis eingeklemmt war, ins Herz gebissen.

Und Fromental, der Zizanie, dem Anschein zum Trotz und obgleich er sie in seinem Wagen mitgebracht hatte, kaum kannte und ihr erst acht Tage zuvor bei gemeinsamen Freunden begegnet war, sah es als seine Pflicht an, während dieses Tanzes Konversation mit ihr zu machen.

»Sind Sie noch nie beim Major gewesen?«

»Oh nein!« antwortete Zizanie.

»Man langweilt sich hier nicht«, sagte Fromental.

»Nein ...«, antwortete Zizanie.

»Hatten Sie den Major noch nie gesehen?«

»Aber nein«, sagte Zizanie.

»Erinnern Sie sich an den Kerl, den wir letzte Woche bei den Popeyes gesehen haben? Der Große, mit dem welligen, kastanienbraunen Haar ... Sie wissen doch? Der geht hier ein und aus ... Wissen Sie, wen ich meine?«

»Nein ...«, sagte Zizanie.

»Mögen Sie keine Walzer?« sagte er, um das Thema zu wechseln.

»Nein«, sagte Zizanie voller Überzeugung.

»Glauben Sie nicht«, sagte Fromental, »daß ich Sie das frage, weil ich finde, daß Sie den Swing schlecht tanzen. Ganz im Gegenteil, ich finde, daß Sie wunderbar tanzen. Sie haben eine Art mitzugehen ... die ›hinhaut‹. Man könnte glatt meinen, daß Sie bei Profis Unterricht genommen haben.«

»Nein ...«, antwortete Zizanie.

»Tanzen Sie eigentlich schon lange?«

»Nein«, antwortete Zizanie.

»Schade ...«, fuhr Fromental fort; »aber Ihre Eltern lassen Sie doch ohne weiteres ausgehen?«

»Nein«, antwortete Zizanie.

Ihr Tanz endete mit der Schallplatte. Er hatte länger gedauert als der mit dem Major, denn als dieser die Schöne in seinen Bannkreis gezogen hatte, hatte die vorangegangene Melodie bereits begonnen.

Fromental sagte:

»Danke, Mademoiselle«, und Zizanie sagte:

»Danke, Monsieur«; dann legte Antioche, der gerade vorbeikam und nie besondere Umstände machte, seinen Arm um die Taille des Frauenzimmers und schleppte sie zur Bar.

»Heißen Sie Zizanie?« sagte er.

»Ja, und Sie?«

»Antioche«, antwortete Antioche, der tatsächlich Antioche hieß, es ließ sich nicht leugnen.

»Das ist aber komisch, Antioche ... Also gut, Antioche, geben Sie mir reichlich zu trinken.«

»Und was wollen Sie trinken?« fragte Antioche. »Vitriol oder Blausäure?«

»Eine Mischung«, antwortete Zizanie. »Ich verlasse mich da ganz auf Sie.«

Der Major sah Antioche düster an, während die dritte Schallplatte *Toddlin' with some skeletons* ihre einleitenden Arpeggios herunterleierte.

»Wie finden Sie den Major?« fragte Antioche.

»Sehr sympathisch …«, antwortete Zizanie.

»Und Ihr Freund Fromental«, sagte Antioche, »was treibt der?«

»Das weiß ich nicht«, sagte Zizanie, »er ist dumm. Man kann sich nicht mit ihm unterhalten. Aber unter dem Vorwand, daß seine Eltern meine Eltern kennen, geht er mir seit acht Tagen aufs Gemüt.«

»Ach was?« sagte Antioche. »Hier … trinken Sie das schön, mein blondes Kind. Und haben Sie keine Angst, es gibt Nachschlag.«

»Wirklich?«

Sie trank. Und ihre Augen begannen zu glänzen.

»Das ist aber verdammt gut … Sie verstehen was davon, Sie sind ein toller Typ.«

»Das will ich meinen!« stimmte Antioche zu, der ein Meter fünfundachtzig groß war, keinen Zentimeter weniger, und alle seine Zähne hatte.

»Tanzen Sie mit mir?« fragte Zizanie kokett.

Antioche, der die bequeme Form ihres Kleides bemerkt hatte, dessen Oberteil aus einem ziemlich lockeren Faltenwurf bestand, der im Kreuz zusammengeknotet wurde, nachdem er sich zuvor in Höhe der Brüste verschränkt hatte, schleppte sie in die Mitte des Raums.

Der Major tanzte mit abwesendem Ausdruck mit einer dicken Brünetten, die sicherlich aus den Achselhöhlen roch und mit gespreizten Beinen tanzte. Wahrscheinlich damit es schneller trocknet.

Antioche knüpfte an die Unterhaltung an.

»Haben Sie nie daran gedacht«, sagte er, »daß es etwas sehr Praktisches ist, wenn man einen Führerschein besitzt?«

»Doch«, sagte Zizanie. »Übrigens habe ich meinen seit vierzehn Tagen.«

»Aha! Aha!« sagte Antioche. »Wann werden Sie mir Unterricht erteilen?«

»Aber ... wann Sie wollen, lieber Freund.«

»Und was ist Ihre ganz ehrliche Meinung über die Schnekken?«

»Sehr gut!« sagte sie. »Mit Weißwein in den Nasenlöchern.«

»Also«, sagte Antioche, »Sie werden mir nächste Woche eine Fahrstunde geben.«

»Haben Sie keinen Führerschein?« sagte Zizanie.

»Doch! Aber was macht das schon?«

»Sie, Sie machen sich über mich lustig.«

»Meine Liebe«, sagte Antioche, »das würde ich mir nie erlauben.«

Er drückte sie etwas fester an sich und genau genommen ließ sie es geschehen. Aber er lockerte ganz schnell seine Umarmung, denn sie lehnte ihre Wange an die Wange Antioches, und der hatte den ganz deutlichen Eindruck, daß sein Slip das nicht aushalten würde.

Abermals setzte die Musik aus, und es gelang Antioche, den Schein zu wahren, indem er diskret die rechte Hand in seine Hosentasche steckte. Er machte sich die Tatsache zunutze, daß Zizanie eine Freundin getroffen hatte und ging zum Major hinüber, der in einer Ecke stand.

»Du Schuft«, sagte der Major. »Du spannst sie mir aus!«

»Sie ist nicht übel! ...« antwortete Antioche. »Hattest du Absichten?«

»Ich liebe sie!« sagte der Major.

3 Antioche machte ein nachdenkliches Gesicht.

»Hör zu«, sagte er, »ich habe nicht die Absicht, dich Dummheiten begehen zu lassen. Ich werde mich heute ein wenig mit ihr beschäftigen und dann werde ich dir sagen, ob sie etwas für dich ist.«

»Du bist wirklich ein guter Freund«, sagte der Major.

4 Die Party fing gut an. Ein normales Phänomen, wenn alle Gäste ungefähr zur gleichen Zeit kommen. Ist das Gegenteil der Fall, dann sind es in den ersten zwei Stunden die uninteressanten Flaschen und Pflaumen, die immer als erste kommen und selbstgemachten Kuchen mitbringen, der zwar mißlungen, aber trotzdem ausgezeichnet ist.

Der Major mochte diese Art Kuchen nicht, daher waren seine Partys insofern gezinkt, als er das Flüssige und das Feste stellte. Das gab ihm eine gewisse Unabhängigkeit gegenüber seinen Gästen.

Abschweifung

Es ist äußerst deprimierend, wenn man sich aus Versehen auf einer Party befindet, die einen Fehlstart hat.

Denn der Hausherr – oder die Hausherrin – steht mit zwei oder drei zu früh gekommenen Freunden im Raum, ohne das geringste hübsche Mädchen, denn hübsche Mädchen kommen immer zu spät.

Es ist genau der Augenblick, den sich der jüngere Bruder für seine gewagten Vorführungen aussucht – nachher wird er sich nicht mehr trauen. Und vor allem hat man ihn dann eingesperrt.

Und man sieht zu, wie diese zwei oder drei Unglücklichen in dem Raum mit dem frisch gewachsten Fußboden plastische Stellungen einnehmen, indem sie diesen oder jenen nachahmen – aber diese können wirklich tanzen.

Auch sie werden sich nachher nicht mehr trauen …

Stell dir nun vor, daß du später gekommen bist. Wenn das Fest auf vollen Touren ist.

Du kommst herein. Die guten Kumpels schlagen dir auf den Rücken. Die andern, denen du nicht die Hand drücken willst, tanzen bereits – sie tanzen immer, und deshalb bist du nicht ganz mit ihnen einverstanden – und auf einen Blick siehst du, ob irgendwelche verfügbaren Mädchen da sind. (Ein Mädchen ist verfügbar, wenn es hübsch ist.) Wenn welche da sind, ist alles in Ordnung: die Party hat erst angefangen, sie sind noch nicht sehr oft zum Tanzen aufgefordert und auch nicht sehr gefährlich ausgebeutet worden, denn die Burschen, die allein gekommen sind – zum größten Teil aus Schüchternheit – haben noch nicht genug getrunken, um sich Schwachheiten herauszunehmen.

Du brauchst allerdings nicht zu trinken, um dir Schwachheiten herauszunehmen, deshalb kommst du immer allein.

Versuch nicht geistreich zu tun. Die Weiber verstehen das nie. Und die, die es verstehen, sind schon verheiratet.

Sieh zu, daß sie mit dir trinkt. Das ist alles.

Du hast dann Gelegenheit, Wunder an Gerissenheit zu entfalten, um eine Flasche mit irgendwas aufzutreiben.

(Du holst sie ganz einfach aus dem Versteck, auf das du gerade irgendeinen Neuankömmling hingewiesen hast, der nicht ganz im Bilde ist.)

Versteck sie in deiner Hose. Nur der Flaschenhals schaut aus dem Gürtel. Kehr zu deinem Opfer zurück. Mach ein harmloses Gesicht, mit einem Anflug von Geheimniskrämerei. Nimm sie am Arm, selbst um die Taille, und sag ganz leise zu ihr: »Sehen Sie zu, daß Sie ein Glas finden, ein einziges genügt für uns beide, ich habe was aufgetrieben … Pst …«

Dann schleich dich heimlich in das Zimmer nebenan. Es läßt sich abschließen? Sieh an! So ein Zufall! Der Admiral ist drin. Er ist ein Kumpel. Natürlich ist er nicht allein. Du klopfst an die Tür, dreimal kurz und einmal lang oder siebenmal mittel und zweimal kurz, je nach der mit dem Admiral getroffenen Vereinbarung. Sobald du im Zimmer bist, schließ die Tür schnell wieder ab und schiel nicht allzu auffällig zum Admiral hinüber, der wieder in die vorderste Linie rückt. Er kümmert sich nicht um dich, da er ganz in Anspruch genommen ist von dem heiklen Manöver, das darin besteht, seine Hand geschickt im Seitenschlitz des Rocks seiner Partnerin unterzubringen, eines intelligenten und intelligent gekleideten Mädchens. Hol deine Flasche, die dir kalt am Bein ist, ohne übertriebene Vorsichtsmaßregeln hervor, denn der Admiral hat selber eine. Bleib in der Nähe der Tür, damit du sie anklopfen hörst, wenn sie zurückkommt...

Aber sie kommt nicht zurück...

Um dich von diesem Schock zu erholen, mußt du die Flasche entkorken. Trink einen anständigen Schluck aus der Flasche. Aber aufgepaßt! Nicht mehr als die Hälfte! Vielleicht bleibt noch eine Hoffnung...

Poch! Poch! Es klopft an der Tür...

DU (brutal, um sie Mores zu lehren): »Hätten Sie sich nicht etwas beeilen können?«

SIE (zum Schein überrascht und ziemlich zufrieden): »Sind Sie aber böse!«

DU (sie leicht an der Taille an dich heranziehend): »Aber nein, ich bin nicht böse... das wissen Sie doch genau...«

SIE (tut so, als mache sie sich frei, was dir Gelegenheit bietet, dir so nebenbei die rechte Brust anzusehen): »Aber aber, seien Sie brav...«

DU (immer noch mit der rechten Brust beschäftigt, dabei ostentativ an etwas anderes denkend und sehr unbefangen): »Haben Sie das Glas?«

SIE (zeigt triumphierend einen Fingerhut vor): »Na klar, hier ist es!«

[25]

(Sie fährt fort): »Verstehen Sie, Jacques hat mich zum Tanzen aufgefordert, und ich konnte ihm keinen Korb geben ...«

DU (mürrisch): »Wer ist denn Jacques?«

SIE: »Jacques ist eben Jacques! Es ist der Junge, mit dem ich hergekommen bin!«

DU: »Ach, dieser Kretin mit dem strohblonden Haar?«

SIE: »Erstens ist er sehr nett und zweitens hat er kein strohblondes Haar ...«

DU: »Mit andern Worten, Sie mögen sein strohblondes Haar ...«

SIE (kokett und lachend): »Na klar!«

DU (verärgert, denn du bist dunkelhaarig): »Das ist eben Geschmacksache ...«

SIE: »Seien Sie doch nicht dumm ...«

(Sie lacht und rückt ein klein wenig näher, wobei sie mit angewinkeltem Arm ihre rechte Hand auf deinen linken Bizeps legt. Du legst den rechten Arm um sie und drückst sie ein wenig und sagst:)

»Aber Sie trinken ja nicht?«

»Aber Sie haben mir ja nichts gegeben.«

Darauf schenkst du mit der linken freien Hand ein, ihr trinkt zusammen, und du schüttest dir alles auf die Krawatte. Du hast kein Taschentuch bei dir. Angeekelt setzt du dich auf den einzigen freien Sitz (der Admiral hat fast das ganze Sofa in Beschlag genommen). Vor dir stehend, reibt sie deine Krawatte mit ihrem Taschentuch ab.

»So ist es bequemer, Sie sind so groß ...«

Sie dreht sich ein wenig, um dir ihre linke Seite zuzukehren, und ein ganz leichter Stoß genügt, damit sie auf dein rechtes Knie fällt.

Das übrige hängt von deiner jeweiligen Inspiration ab.

Schließlich gibt sie dir eine ergreifende Beschreibung der Art Jungens, die sie mag, nachdem sie sich zuerst deine Augen angesehen hat, um nicht braun zu sagen, wenn deine blau sind.

Das geschieht auf Partys, auf denen du nicht gleich von Anfang an von der echt extravaganten Visage einiger Möglichkeiten abgestoßen wirst.

Dieser Fall kann vorkommen. Die Technik wird dadurch äußerst kompliziert.

Anmerkung:

Es handelt sich immer um jene anständigen Partys, auf denen man als Einzelpaar bumst, und auch nur in Räumen, die mindestens durch einen Vorhang von dem Zimmer getrennt sind, in dem getanzt wird.

Die anderen Partys sind bei weitem nicht so interessant und führen nie zu den Ergebnissen, die sich erzielen lassen, wenn man sich an die Profis dieser Sportart wendet.

5 Der Major hatte sich in seiner Jugend eingehend mit der theoretischen Lösung des am Ende des letzten Absatzes der obigen Abweichung gestellten Problems befaßt.

Zwei Varianten können zusammentreffen:

A) ES GIBT KEIN EINZIGES HÜBSCHES MÄDCHEN.

Diese Eventualität ist relativ häufig, vor allem, wenn du etwas anspruchsvoll bist.

a) Die Party ist gut organisiert.

Halte dich am Büffet schadlos, und damit ist alles gesagt. In der Tat tritt dieser Fall nur dann ein, wenn du nicht bei dir zu Hause bist, denn zu Hause wirst du nur dann eine Party organisieren, wenn du sicher bist, daß hübsche Mädchen kommen werden, und es gibt überhaupt keinen Grund, daß du dich am Büffet von Leuten zurückhältst, die nicht einmal in der Lage sind, dir diese unentbehrliche Ware zu besorgen.

b) Die Party ist schlecht organisiert.

Geh weg und versuche, ein Möbelstück mitzunehmen, um dich schadlos zu halten.

B) ES GIBT HÜBSCHE MÄDCHEN, ABER SIE SIND IN FESTEN HÄNDEN.

Bei dieser Sachlage kann man sich wirklich amüsieren.

a) Du arbeitest als Einzelgänger (oder als Freischärler).

1. Bei dir zu Hause.

Sieh zu, daß du den Störenfried durch Methoden entfernst, die sich jeweils seiner eigentlichen Wesensart entsprechend ändern, wobei du dich bemühen sollst, dich solange wie möglich gut mit ihm zu stellen.

Wenn du allein arbeitest, besteht deine einzige Möglichkeit darin, ihm zu trinken zu geben, wobei du darauf achten mußt:

a) seine Partnerin, die du begehrst, daran zu hindern, daß sie zuviel oder zu dicht neben ihm trinkt;

b) nicht soviel zu trinken wie er.

Gib ihm eine Mischung aus den Resten der Gläser zu trinken, von der selbst ein erwachsener Senegalneger lachsrot werden könnte. Sobald er nicht mehr ganz klar sieht, färbst du ihm diese Mischung mit rotem Portwein dunkel und schüttest noch Zigarettenasche dazu. Zum Kotzen führ ihn:

a) entweder in den Waschraum, wenn er nur getrunken hat;

b) oder aufs Klo, wenn er Kuchen gegessen hat, weil die Apfelstücke den Spülstein verstopfen würden;

c) oder nach draußen, wenn du einen Garten hast und wenn es regnet.

Achte darauf, daß euch seine Partnerin begleitet. Vielleicht wird sie sich vor ihm ekeln. Sieh auf jeden Fall zu, daß er sich mit Schande bedeckt. Leg ihn dann an einen Ort, wo keine Gefahr besteht.

Nun können zwei neue Varianten zusammentreffen:

a) seine Freundin läßt ihn schlafen.

In diesem Augenblick hast du gewonnen. Wenn er den Auftrag hat, sie wieder nach Hause zu bringen, mach ihn rechtzeitig nüchtern, indem du ihm einen nassen Lappen fest auf die Nase drückst und ihm ein Glas Enós oder eine Tasse Kaffee mit Vitriol (nicht zu viel Vitriol) zu trinken gibst.

b) sie ist von hartnäckiger Opferbereitschaft und bleibt bei ihm. Sie sind wahrscheinlich verlobt. Dann bleibt dir die Chance, daß du sie ficken* siehst, wenn du eine Stunde danach ohne Lärm zu machen zurückkommst. Wenn du ein Dienstmädchen zum Saubermachen hast, kannst du einen angenehmen Augenblick verbringen.

Störfall: Der Bursche ist nicht nüchtern zu kriegen.

Keine Lösung, es sei denn, daß du wirklich viel stärker bist als er.

2. Bei den andern.

A) Bei dem Individuum, dessen Partnerin du begehrst.

Er hat wirklich eine sehr starke Position, denn es ist wenig wahrscheinlich, daß er sich bis zur Besinnungslosigkeit besäuft. Versuche, ihn durch eine der folgenden Methoden auszuschalten:

1.) Indem du im Badezimmer eine anständige Überschwemmung verursachst:

a) mit einem Stück Fahrradschlauch (sich vorher besorgen);

b) mit einem Stück Gummirohr (das man an Ort und Stelle, auf einer Bierflasche oder einem Gaskocher gefunden hat, das aber häufig viel zu klein ist);

c) indem du ein Zahnputzglas unter einen der Wasserhähne der Badewanne klemmst (eine einfache, elegante und wirksame Lösung).

---

* Ich bitte um Entschuldigung, aber es ist nun einmal das Wort.

2.) Indem du das Abflußrohr des WC mit Hilfe zweier zu einer Kugel zusammengerollter Zeitungen verstopfst (führt zu ausgezeichneten Ergebnissen).

3.) Indem du durch die weiter oben angegebenen Methoden einen engen Freund des Hausherrn besinnungslos betrunken machst. Allerdings besteht die Gefahr, daß Letzterer dir sein Eigentum wieder abnimmt, sobald er erste Hilfe geleistet hat. Ebenso besteht die Gefahr, daß sein Eigentum überhaupt keine Lust hat, den Kerl zu wechseln, weil er den Schlüssel zu den Zimmern hat. Oder weil er vielleicht genau so beschlagen ist wie du?

B) Bei einem völlig nichtssagenden Gastgeber.

Hier kämpfst du ungefähr mit gleichen Waffen. Das heißt, daß du nicht ungeheuer viele Chancen hast. Versuche trotzdem, ihn vollzumachen, eine heikle Geschichte, wenn du nichts mitgebracht hast (daher Ausgaben in Betracht ziehen), aber er kann so brüderlich zu dir werden und dir so rührend sein Herz ausschütten über dein Ziel, daß dir das eigene Herz bricht und du an nichts anderes mehr denkst, als diese beiden Turteltauben zu segnen. Man kann seine natürliche Menschlichkeit nicht immer unter die Glasglocke stellen. Daher ist die Aufgabe sehr heikel, wenn man ganz allein arbeitet.

b) Du arbeitest im Team.

In diesem Fall ist es ohne Bedeutung, ob du zu Hause bist oder bei Tartempion. Die Arbeit ist äußerst einfach, und es ist unnötig, daß ihr mehr als vier seid, um ausgezeichnete Ergebnisse zu erzielen. Das Hauptrisiko besteht darin, daß einer deiner drei Mitspieler sich den Einsatz des Unternehmens unter den Nagel reißt. Verlier das nie aus den Augen, wenn du sie aussuchst. Die allzu einfache Lösung der Trunkenheit, die den bereits behandelten Fällen vorbehalten bleibt, wird ausgeschlossen. Sie erscheint hier nur der Voll-

[30]

ständigkeit halber, um die Sorgfalt der Arbeit zu charakterisieren.

Grundsatz: deinen Feind verschwinden lassen:

1. *Unter einer dicken Schicht Schande,* durch eines der folgenden Mittel:
a) Stifte ihn dazu an, mit dem kleinen schmächtigen Kerl dort hinten (einer der vier), der nach nichts aussieht, eine Brille trägt und seit sechs Jahren Judo macht, Streit anzufangen. Die beiden andern vom Team geben ihm dann den Rest mit großen Gläsern voller Schnaps zur Stärkung;
b) Laß ihn jene kleinen, unschuldigen Spiele spielen, bei denen man sich auszieht (und mogele natürlich). Allerdings ist das nicht empfehlenswert, wenn er besser mogelt als du (zieh auf jeden Fall einen Slip und saubere Socken an), oder falls sich, ist er erst einmal nackt, herausstellt, daß er mit einem ganzen Haufen jener verdammten kleinen Muskelpakete bestückt ist ... Bedenke zusammenfassend, daß er angezogen bleiben kann, während du es nicht mehr bist, folge deiner Inspiration, aber sei bescheiden.
Falls er Sockenhalter und lange Unterhosen trägt, lohnt sich das Spiel.

2. *Aus dem Verkehr ziehen.*

Dieses Verfahren, richtig angewendet, führt unweigerlich:
a) Zur Sicherheitsverwahrung des Patienten im Keller oder im Klo;
b) Zu seinem Weggang in deiner Begleitung (im Wagen eines Freundes). Gib ihm in der Kneipe an der Ecke viel Bier zu trinken und lasse ihn elf Kilometer von dort entfernt an einen Baum pissen. Oder mache ihm den Vorschlag baden zu gehen und laß seine Hose sich in nichts auflösen. Sehr zahlreiche Varianten;
c) Schließlich, als höchster Triumph, seine Auslieferung an eine erfahrene und vorurteilsfreie Operateurin.

Not hat Bene:
DIESE GANZE UNTERSUCHUNG VERLIERT EINEN
GROSSTEIL IHRES NUTZENS, WENN DU PÄDERAST
BIST. IN DIESEM FALLE RATEN WIR DIR LEBHAFT,
DICH AUF DAS WEITHIN BEKANNTE BUCH VON GE-
NERAL PIERRE WEISS ZU BEZIEHEN: DER RHEIN-
PHALL.

6 Diese unbedingt notwendige Abschweifung macht
wohl jedem mühelos klar, daß die Empfänge des Majors
keine vulgären Partys waren und daß das Vorausgegangene
infolgedessen überhaupt nichts mit dem Abenteuer zu tun
hat, das dem Major mit Sicherheit zustoßen wird.

4 Da die Kapitel 4 und 5, wie in Kapitel 6 dargelegt, nur
am Rande mit dem Major zu tun haben, scheint es ver-
nünftig und klug, wieder zu Kapitel 4 zurückzukehren.
Nachdem der Major gesagt hatte: »Du bist wirklich ein guter
Freund«, küßte er Antioche liebevoll auf die Stirn, wozu be-
sagter Antioche sich leicht bückte, und entfernte sich dann
in den Park auf der Suche nach seinem Mackintosh, da er
Antioche bei seinen Versuchen nicht stören wollte.
Der Mackintosh saß vor einer madagassischen Rottanne und
blökte mit klagender Stimme. Ihm gefiel dieses Drunter und
Drüber überhaupt nicht, und seine Fingernägel taten ihm
weh.
»Du langweilst dich, wie?« fragte der Major liebenswürdig
und kraulte ihn zwischen den Schenkeln.
Der Mackintosh vergoß einige Tropfen einer stinkenden
Flüssigkeit und entfloh, wobei er »Psssh!« machte.
Allein geblieben, gab sich der Major seinen verliebten Ge-
danken hin.

Er pflückte eine Margerite, zählte sorgfältig ihre Blütenblät-
ter, um sicherzugehen, daß er keine Gefahr lief, und nachdem er ihre Anzahl auf den Wert eines Vielfachen von fünf
weniger eins gebracht hatte, begann er sie zu entblättern.
»Sie liebt mich …«, seufzte er,

> Von Herzen
> > Mit Schmerzen
> > > Auf ewig
> > > > Klein wenig
> > > > Gar nicht

> Von Herzen
> > Mit Schmerzen
> > > Auf ewig
> > > > Klein wenig
> > > > Gar nicht

> Von Herzen
> > Mit Schmerzen
> > > Auf ewig
> > > > Klein wenig
> > > > Gar nicht …

»Scheiße!« rief er …
Ganz klar, er hatte eins zuviel dran gelassen.

5 »Sie kann mich noch gar nicht lieben«, dachte der Major, um sich zu trösten, »weil sie mich noch nicht richtig kennt...«

Aber die ausgesprochene Bescheidenheit dieser Betrachtung tröstete ihn nicht.

Er ging rasch den Gehweg hinauf und kam bei Fromentals Auto an. Es war ein in sachkundigem Rot lackierter Cardebrye mit einem breiten verchromten Metallstreifen um den Deckel des Benzintanks. Letztes Modell natürlich, zwölf Zylinder zu einem Hemistichion angeordnet, V-Motor; dem Major waren die ungeraden Zahlen lieber.

In diesem Augenblick erschien Fromental von Drehwurm auf der Freitreppe und er tanzte mit Zizanie. Das Herz des Majors machte »Plumps« in seiner Brust und blieb plötzlich mit der Spitze nach oben stehen. So empfand es der Major jedenfalls.

Er folgte dem Paar mit den Augen. Die Schallplatte brach ab. Es war: *Give me that bee in your trousers.* Sofort setzte eine andere Melodie ein: *Holy pooh doodle dum dee do,* und Antioche tauchte plötzlich auf der Freitreppe auf, um Zizanie zum Tanzen aufzufordern, die zur großen Erleichterung des Majors, dessen Herz wieder zu schlagen anfing, akzeptierte.

Drehwurm, allein auf der Freitreppe, zündete sich eine Zigarette an und begann lässig die Stufen hinabzuschreiten.

Er kam zum Major, der sich immer noch für den Cardebrye interessierte, und da er eine große Sympathie für ihn empfand, sagte er vergnügt:

»Machen wir eine kleine Spritztour? Wollen Sie ihn mal ausprobieren?«

»Gern«, sagte der Major mit einem liebenswürdigen Lächeln, und verhüllte unter dieser scheinbaren Liebenswürdigkeit eine Hölle von fünfhundert girondistischen Teufeln.

Dreihundert Meter vom Haus des Majors entfernt, am unteren Ende der Avenue Gambetta, bog Fromental auf Anweisung des Majors nach rechts ab. Als er an der Kirche von Ville d'Avrille angekommen war, bog er nach links ab auf die Schotterstraße, die nach Versailles führte.

Am Restaurant von Père Otto gab der Major Drehwurm ein Zeichen, daß er halten solle.

»Kommen Sie, wir trinken einen«, sagte er. »Hier gibt es ein ganz tolles Bier.«

Sie stützten sich mit dem Ellbogen auf die Theke.

»Ein Bier für den Herrn und ein Portwein für mich!« bestellte der Major.

»Trinken Sie kein Bier?« fragte Drehwurm ein wenig verwundert.

»Nein«, antwortete der Major, »das ist schädlich für meine Gelenke.«

Aber das stimmte weder vorne noch hinten. Das Bier hatte nie eine andere Wirkung auf den Major gehabt als ein schnelles, momentanes Wachstum der unteren Gliedmaßen.

Drehwurm trank sein Bier.

»Noch eins!« bestellte der Major.

»Aber ...«, protestierte Fromental und stieß geräuschvoll auf.

»Pssst... Verzeihung«, sagte der Major. »Ich bitte Sie ... das ist doch das mindeste.«

Drehwurm trank sein zweites Bier, und der Major bezahlte die Getränke, dann gingen sie hinaus, setzten sich wieder in den Cardebrye und fuhren in Richtung Versailles weiter.

Sie fuhren durch diese alte Stadt, die noch durchdrungen ist vom Geruch des Großen Königs, einem starken und charakteristischen Geruch, dann jagten sie bis zum Wald von Marly.

»Der Wagen fährt wunderbar«, bemerkte der Major höflich.

»Ja«, erwiderte Fromental, »aber ich halts kaum noch aus, so stark muß ich pinkeln ...«

6 Am Steuer eines herrlichen Cardebryes in gehörigem Rot fuhr der Major im vierten Gang die Allee seines Gartens hinauf und hielt mit bemerkenswerter Meisterschaft vor der Freitreppe. Der Wagen fuhr rückwärts weiter, aber der Major war schon ausgestiegen, und prallte gegen die Mauer, die das Parktor fortsetzte, ohne etwas anderes kaputtzumachen als einen japanischen Firnisbaum, der noch nicht ganz trocken war und leicht zerschrammt wurde.

Antioche empfing den Major auf der Freitreppe.

»Er hatte Kapitel 5 nicht gelesen …«, sagte der Major ganz schlicht.

»Aber das zählt doch gar nicht«, antwortete Antioche.

»Das stimmt«, sagte der Major. »Armer Junge!«

»Du hast zuviel Mitleid«, versicherte Antioche.

»Das stimmt«, sagte der Major. »So ein nichtswürdiges Individuum! So ein halsstarriger Kretin!« (Der Major verschluckte das eine s.)

»Richtig«, pflichtete Antioche bei.

»Und Zizanie?« fragte der Major.

»Sie ist weggegangen, um sich schön zu machen.«

»Schon lange?«

»Vor einer Viertelstunde. Ich habe Mühe gehabt, eine Nadel und Faden für sie zu finden«, fuhr Antioche fort.

»Was für Faden?« fragte der Major diskret hintenherum.

»Von der gleichen Farbe wie ihr Slip«, antwortete Antioche mit der gleichen Diskretion.

»Ist er reißfest, dieser Faden?« fuhr der Major beunruhigt fort.

»Doch nicht verrückt«, sagte Antioche. »Es ist Kunstseide. Wenn die feucht ist, hält sie überhaupt nichts aus.«

7 Im großen Salon des Majors war die Stimmung auf ihrem Höhepunkt. Der Herr dieser Örtlichkeiten kam mit Antioche im Gefolge herein und begab sich an die Bar, denn er fühlte sich trocken wie der Kleiderbügel eines Landwirtschaftsausschusses.

Er goß sich eine Orangeade ein, trank und spuckte einen Kristallkern aus, der ihm unter die Zunge gerutscht war. Antioche mixte sich einen kleinen »Monkey's Gland« von der besten Sorte. Er roch stark nach Schlummerrolle (wie Edith sagt, die eine Neigung für lasterhafte Gerüche hat).

Nachdem er getrunken hatte, glitt Antioche hinter Zizanie, die, wie der übliche Ausdruck lautet, munter mit einer Freundin plauderte. Übrigens gar nicht schlecht, die Freundin, dachte der Major, der nach einem Schwesternseelenersatz suchte, während er seinen Komplizen die Probearbeit machen ließ.

Nachdem er hinter Zizanie geglitten war, packte Antioche sie mit beiden Händen sehr taktvoll und auf vollkommen natürliche Weise um den Brustkorb, hauchte ihr einen Kuß auf die linke Schläfe und bat sie zum Tanzen.

Sie machte sich los und folgte ihm zur Mitte des Raums. Er umschlang sie eng genug, um mit Hilfe des plissierten Schottenrocks des blonden Kindes den Teil seines Profils zwischen Gürtellinie und Knien zu verstecken. Dann saugte er sich mit dem Rhythmus von *Cham, Jonah and Joe Louis playing Monopoly tonight* voll, dessen harmonische Akkorde immer eindringlicher wurden.

Und der Major verbeugte sich vor Zizanies Freundin, der er unheimlich auf die Nerven ging, weil er sie sechs Tänze lang über den Stammbaum Zizanies, ihre Geschmäcker und Neigungen, die Häufigkeit ihrer Ausgänge, ihre Kindheit usw. usw. ausfragte.

Unterdessen ertönte die Klingel des Gartentors, und der Major, der sich an die Tür wagte, erkannte von weitem die bemerkenswerte Silhouette von Corneille Leprince, eines

seiner Nachbarn, den er nicht einzuladen vergessen hatte.
Corneille, dessen Wohnsitz zwanzig Meter von dem des Majors entfernt lag, kam immer als letzter, weil er, da er so
nahe wohnte, sich nicht zu beeilen brauchte, um pünktlich
zu sein. Daher seine Verspätung.

8 Corneille war mit einem periodischen Bart behaftet, dessen Wachstumsgeschwindigkeit nur noch der Schnel-
ligkeit des Entschlusses gleichkam, mit der er ihn, nachdem
er ihn sechs Monate getragen hatte, zwar widerwillig, aber
ohne vorher etwas zu sagen, opferte.

Corneille trug einen marineblauen Anzug, furchtbar spitze
gelbe Schuhe und sehr lange Haare, die er am Tag zuvor zu
waschen Sorge trug.

Corneille hatte vielerlei Talente beim poitouschen Virelai
und beim Verseschmieden, beim Schlägerball und Tennis-
schlagen, beim Ping-Pong, der Mathematik, dem scheußli-
chen Klavier und einem Haufen Dinge, die weiterzuverfol-
gen er sich nie die Mühe nahm. Aber er mochte weder Hunde
noch Farben noch Röteln, auch keine anderen Rötel-Farben
und keine anderen Krankheiten, denen gegenüber er sich
von einer geradezu empörenden Parteiischkeit zeigte.

Insbesondere hatte er einen Horror vor dem Mackintosh
des Majors. Er begegnete ihm an der Biegung der Allee und
wich ihm voller Ekel aus.

Entrüstet machte der Mackintosh »Psssh!« und verdrückte
sich.

Ansonsten erkannten die Mädchen übereinstimmend an,
daß Corneille ein charmanter Junge gewesen wäre, wenn er
sich regelmäßig seinen Bart geschnitten und acht Tage vor
der Verringerung des Volumens seiner üppigen Behaarung
Bescheid gesagt hätte und wenn er nicht jedesmal, wenn er
einen Anzug seit mehr als zwei Tagen trug, ausgesehen hätte,
als wälze er sich ständig im Dreck herum.

Dieser verfluchte Corneille kümmerte sich wirklich so wenig um seine Toilette.

Corneille kam also herein und drückte dem Major nach einem Spezialritus die Hand: Daumen gegen Daumen, während ein Zeigefinger am andern Zeigefinger zog, wobei diese beiden Anhängsel wie zum Fingerhakeln gekrümmt waren und senkrecht zum Daumen standen und die beiden Hände gleichzeitig mit einer gleichmäßigen Bewegung hochhingen.

Ebenso drückte er Antioches Hand und dieser sagte zu ihm: »Na, Corneille, da sind Sie ja! Und Ihr Bart?«

»Ich hab ihn heute morgen abrasiert!« sagte Corneille. Und es war ein furchtbarer Eindruck.

»Ist es wegen Janine?« fragte Antioche.

»Na klar, Mann«, sagte Corneille knirschend. Das war ein wenig seine Art zu lächeln.

Dann ging er ganz formlos zu Janine hinüber, die sich gerade *Palookas in the milk* unter den Nagel reißen wollte, eine der letzten Schallplatten von Bob Grosse-Bi, die Antioche kürzlich gekauft hatte. Sie sah ihn nicht kommen, und Corneille streckte seinen Zeigefinger aus und bohrte ihn ihr grausam in die fleischige rechte Schulter. Sie zuckte zusammen und begann ohne ein Wort zu sagen mit verbittertem Gesicht mit ihm zu tanzen. Sie trauerte der Platte nach.

Von Zeit zu Zeit ließ er sich nach hinten fallen, wobei er den fünfundsiebzig Grad in die Waagrechte geneigten Körper auf den Absätzen drehte und schraubte, wenn man so sagen kann. Er fing sich wie durch ein Wunder in dem Augenblick, in dem er zu fallen drohte, mit der Spitze seiner unentwegt zum Himmel gerichteten Schuhe wieder auf, wobei er plötzlich die Richtung änderte, seine Tänzerin in respektvoller Entfernung in Schach haltend. Er ging fast nie nach vorn, sondern zog seine Tänzerin wie eine kleine Hilfsgaslaterne, um sich an sie zu klammern. Es verging keine Sekunde, in der er nicht ein unvorsichtiges Paar knock-out auf den Boden streckte, und nach zehn Minuten gehörte ihm unbestritten der Raum.

Wenn er nicht tanzte, ahmte Leprince den Schrei des Schuschus nach oder bemühte sich, den bei einem Elftel liegenden Bruchteil eines mit verdünntem Alkohol gefüllten Glases zu trinken, um sich nicht zu rasch zu berauschen.

Der Major tanzte immer noch mit Zizanies Kameradin, und Antioche war gerade in dem kleinen Bumsraum verschwunden, der unmittelbar an den Tanzsaal anstieß, und in dem die Mäntel sich auftürmten.

Begleitet natürlich von Zizanie.

9 Da ihm die Fröhlichkeit der Anwesenden nachzulassen schien, versuchte ein rothaariger Kerl von hoher Statur, der feste lispelte, obgleich er den ausgesprochen amerikanischen Vornamen Willy oder Billy trug, je nach Laune, die Anwesenden freudig zu stimmen.

Er setzte den Plattenspieler mit einer diabolischen Geschicklichkeit außer Betrieb, indem er den Stecker herauszog, eine Finte, die Antioche nicht vorhergesehen hatte, und stellte sich mitten in den Raum.

»So«, sagte er, »ich schlage zur Abwechslung vor, daß jeder ein paar Geschichten erzählt oder ein Lied singt. Und weil ich kein Feigling bin, werde ich den Anfang machen.«

Er lispelte derart, daß man beim Zuhören gezwungen war, seine Orthographie zu ändern.

»Esch ischt die Geschischte«, sagte er, »einesch Kerlsch, der einen Auschschprachefehler hat.«

»Schag nur«, sagte Antioche, der die Tür des Bumsraums einen Spalt geöffnet und laut genug gesprochen hatte, damit man ihn hörte.

Es entstand eine leichte Kälte.

»Auscherdem«, sagte der Rothaarige, »erinnere isch misch

nischt mehr genau. Isch erschähle eusch eine andere. Ein Kerl geht in einen Laden, über dem schteht: ›Schweischbedarf‹.«

»Was ist'n das?« fragte eine anonyme Stimme.

»Darauf«, fuhr Willy fort, ohne sich um den Zwischenrufer zu kümmern, »sagte er: ›Guten Tag, Fräulein, wie isch lesche, haben Schie Bedarf an Schweisch.‹ ›Oh nein!‹ antwortet die Dame (die auch lispelte), ›mit Schwitschen haben wir nischtsch am Hut, wir schind schuschtändig für Schweischen und Löten.‹ ›Macht nichtsch, isch kann auch gut löten‹.«

Und Willy lachte schisch einen Ascht.

Da alle die Geschichte kannten, hörte man nur hier und da ein verlegenes Lachen.

»Alscho wenn ihr unbedingt drauf beschteht«, fuhr Willy fort, »erschähl ich noch'n Witsch. Aber dann ischt ein anderer an der Reihe. Ja, Veorves zum Beispiel.«

Während Veorves protestierte, gelang es Antioche hinter seinem Rücken, den Stecker des Plattenspielers, an den er sich herangeschlichen hatte, tastend wieder in die Steckdose zu bekommen, die Tänzer tanzten weiter, und Willy zuckte angewidert die Schultern, wobei er murmelte:

»Auch gut… Ich wollte ja nur etwasch Schwung in den Laden bringen.«

Der Major packte wieder seine Tänzerin, und Antioche ging in seinen Bumsraum zurück, wo Zizanie sich wehleidig wieder das Gesicht puderte.

10 Mitten im Wald von Marly saß Fromental am Fuße eines Kautschukbaumes und fluchte seit einer geschlagenen halben Stunde halblaut vor sich hin. Halblaut, weil er in der ersten halben Stunde laut geflucht hatte und sein linkes Stimmband klemmte.

11 Als Antioche erneut den Bumsraum betrat, erblickte er ganz oben auf dem Stapel der in einer Ecke aufeinandergetürmten Mäntel vier Beine, die er zuerst nicht bemerkt hatte. Es waren zwei, die dort oben ihren spezifischen Unterschied nach der Methode »paßt« und »paßt nicht«, wie es das Normenbüro für den Maschinenbau empfiehlt, überprüften.

Das Mädchen hatte schöne Knie, aber auch knallrotes Haar, wie Antioche feststellen konnte, als er hochblickte. Diese grelle Farbe schockierte ihn, und verschämt wandte er den Blick ab.

Da der obere Mantel ein Regenmantel war, störte Antioche die beiden Liebhaber der Physiologie nicht. Außerdem taten sie nichts Böses. In diesem Alter ist es gut, wenn man selber Erkundigungen über die natürlichen Probleme einholt. Antioche half Zizanie, ihr Kleid in Ordnung zu bringen, das nahe daran schien, sich selbständig zu machen, und sie erschienen beide wieder im Saal, als ob nichts passiert wäre. Es war auch so wenig passiert...

Der Major stand mit düsterem Gesicht neben dem Plattenspieler.

Antioche ging zu ihm.

»Du kannst jetzt ran«, sagte er zu ihm.

»Nicht wahr, sie ist doch ein gut erzogenes Mädchen?« sagte der Major.

»Ja, aber nicht nur das«, sagte Antioche. »Sie ist ein Mädchen mit Fingerspitzengefühl.«

»Ich wette, daß sie noch Jungfrau ist!« behauptete der Major.

»Vor zwanzig Minuten«, sagte Antioche, »hättest du gewonnen.«

»Ich verstehe zwar nicht«, sagte der Major, »aber es geht mich auch nichts an. Sag mal, glaubst du, daß sie ein anständiges Mädchen ist?«

»Überaus anständig, Alter«, versicherte Antioche.

»Glaubst du, daß ich eine Chance habe?« fügte der Major voller Hoffnung hinzu.

»Aber gewiß doch, Alter«, versicherte abermals sein Komplize, der in diesem Augenblick innehielt, um ein Paar zu beobachten, das wirklich sehr swing war.

Der Mann trug eine gelockte Mähne und einen himmelblauen Anzug, dessen Jackett ihm bis zu den Waden ging. Drei Schlitze hinten, sieben Zwickel, zwei übereinanderliegende Rückengurte und ein einziger Knopf zum Schließen. Die Hose, die kaum unter dem Jackett hervorsah, war so eng und schmal, daß die Wade ganz obszön unter dieser Art seltsamem Futteral hervorsprang. Der Kragen ging bis zum oberen Teil der Ohren. Durch einen kleinen, auf beiden Seiten angebrachten Ausschnitt konnte man die Ohren hindurchstecken. Er hatte eine kunstvoll geknotete Krawatte, die aus einem einzigen Kunstseidenfaden bestand und ein rosa- und malvenfarbenes Ziertüchlein. Seine senffarbenen Socken, von der gleichen Farbe wie die des Majors, aber bei weitem nicht so elegant getragen, verloren sich in beigen Wildlederschuhen, die von gut einem Tausend verschiedener Stiche verwüstet waren. Er war einfach swing.

Die Frau trug ebenfalls ein Jackett, unter dem ein weiter Faltenrock aus Tarlatan von der Insel Mauritius mindestens einen Millimeter hervorsah. Sie war wunderbar gebaut und trug hinten schwänzelnde Gesäßbacken auf kleinen, kurzen und dicken Beinen. Sie schwitzte unter den Armen. Ihre Aufmachung, die nicht so exzentrisch war wie die ihres Begleiters, fiel fast gar nicht auf: eine leuchtend rote Hemdbluse, schokoladenbraune Seidenstrümpfe, flache Schuhe aus hellgelbem Schweinsleder, neun vergoldete Armbänder am linken Handgelenk und einen Ring durch die Nase.

Er hieß Alexandre und er hatte den Spitznamen Coco. Sie nannte sich Jacqueline. Ihr Spitzname war Coco.

Coco packte Coco am Knöchel, ließ sie geschickt in der Luft kreisen, fing sie rittlings auf dem linken Knie auf, hob das rechte Bein über den Kopf seiner Partnerin, ließ sie dann plötzlich los und schon stand sie wieder, das Gesicht dem Rücken des Jungen zugewandt. Er fiel plötzlich nach hinten, machte eine Brücke, schob den Kopf zwischen die Schenkel des Mädchens, stand ganz schnell auf, wobei er sie vom Boden hochhob, ließ sie mit dem Kopf nach vorn zwischen seinen Beinen hindurch und fand sich darauf in der gleichen Stellung wieder, mit dem Rücken an der Brust seiner Gefährtin. Dann drehte er sich um, damit er ihr gegenüberstand, stieß ein schrilles »Yeah!« aus, bewegte den Zeigefinger, trat drei Schritte zurück, um sogleich wieder vier nach vorne zu machen, dann elf zur Seite, sechs sich drehend, zwei bäuchlings, und der Zyklus begann wieder von vorn. Die beiden schwitzten dicke Tropfen, sie waren konzentriert und ein wenig gerührt über die mit Respekt versehene Aufmerksamkeit, die man auf den Gesichtern der bewundernden Zuschauer lesen konnte. Sie waren sehr sehr swing.

Antioche stieß einen Seufzer des Bedauerns aus. Er war zu alt für solche Geschichten, und sein Slip hielt wirklich schlecht. Er setzte sein Gespräch mit dem Major fort.

»Warum forderst du sie nicht zum Tanzen auf?« fragte er.

»Ich trau mich nicht …«, sagte der Major, »sie schüchtert mich ein. Sie sieht zu gut aus.«

Antioche ging zu dem jungen Mädchen hinüber, dessen große, umränderte Augen ihn mit einer nicht verhehlten Freude zurückkommen sahen.

»Hör zu«, sagte er zu ihr, »du mußt unbedingt mit dem Major tanzen; er liebt dich.«

»Oh! Das wirst du mir doch nicht ausgerechnet jetzt sagen!« sagte Zizanie bewegt und beunruhigt.

»Glaub mir, es ist besser so… Er ist sehr nett, er hat viel Kies, er ist vollkommen blöd, er ist wirklich der Traum von einem Ehemann.«

»Was? Muß ich ihn heiraten?«

»Aber natürlich!« sagte Antioche wie selbstverständlich.

12 Fromental, der sich entschlossen hatte aufzustehen, näherte sich dem Haus des Majors. Er hatte nur noch neun Kilometer und achthundert Meter zurückzulegen. Sein linkes Bein tat ihm weh. Es war vielleicht ein wenig stärker belastet als das andere, da Fromentals Schneider seinen Kunden immer als normal konstituiert angesehen hatte.

Kurz vor halb sieben zog er in Versailles ein und gewann auf seinem theoretischen Fußweg zehn Minuten, indem er eine komplizierte Reihe kleiner, blaugrauer Straßenbahnen von übertrieben lärmendem Temperament nahm.

Die letzte von ihnen setzte ihn nicht weit von den Zufahrtsstraßen zur berühmten Côte de Picardie ab.

Er beschloß, sein Glück als Anhalter zu versuchen. Er hob also verzweifelt die Arme zum Himmel, als ein alter, kleiner drei-PS-Zébraline vorbeikam, der von einer dicken Dame gesteuert wurde.

Sie machte vor ihm halt.

»Danke, Madame«, sagte Fromental. »Fahren Sie nach Ville d'Avrille?«

»Aber nein, Monsieur«, sagte die Dame. »Warum sollte ich nach Ville d'Avrille fahren, wo ich doch hier wohne?«

»Sie haben recht, Madame«, pflichtete Fromental bei.

Er entfernte sich widerwillig.

Hundert Meter weiter hatte er erst ein Drittel der Anhöhe hinter sich und begann mächtig zu schnaufen. Er blieb erneut stehen.

Ein Wagen kam vorbei. Es war ein Duguesclin Modell 1905, mit Ventilen auf dem Kühler und zerstückelter Hinterachse. Er hielt nach weniger als einem Meter (es ging bergan), und ein sehr bärtiger Greis streckte den Kopf durchs Wagenfenster.

»Na klar, junger Mann«, sagte er, noch bevor Fromental Zeit gehabt hatte, ein Wörtchen anzubringen, »steigen Sie nur ein, aber drehen Sie zuvor ein wenig an der Kurbel.«

Zwölf Minuten lang drehte er an der Kurbel, und der Wagen

[45]

startete in dem Augenblick wie ein Pfeil, als er die Tür aufmachen wollte, um einzusteigen. Der Alte konnte den Wagen erst oben auf der Anhöhe zum Halten bringen.

»Entschuldigen Sie bitte«, sagte er zu Drehwurm, als der ihn im Laufschritt erreicht hatte. »Er ist bei schönem Wetter etwas nervös.«

»Ganz normal«, sagte Fromental. »Sicherlich die Wechseljahre.«

Er setzte sich links neben den Alten, und der Duguesclin fuhr im Eiltempo den Abhang hinunter.

Als sie unten ankamen, platzten die beiden Reifen auf der linken Seite.

»Ich muß mir einen anderen Schneider suchen«, dachte Fromental ohne ersichtlichen Grund und mit einem unglaublichen Mangel an Logik.

Der Alte war wütend.

»Sie sind zu schwer!« schrie er. »Es ist Ihre Schuld. Seit 1911 habe ich keine Reifenpanne gehabt.«

»Und immer die gleichen Reifen?« fragte Fromental interessiert.

»Selbstverständlich! Ich habe ja erst seit letztem Jahr einen Wagen. Die Reifen sind neu!«

»Und Sie sind 1911 geboren?« fragte Fromental, der verstehen wollte.

»Jetzt fügen Sie der Reifenpanne nicht noch eine Beleidigung hinzu!« brüllte der Greis, »und flicken Sie die Reifen.«

13 In dieser gleichen Minute schritt der Major, zärtlich Zizanies Taille umschlingend, mit langsamen Schritten die Stufen der Freitreppe hinunter. Er bog in die rechte Allee ein und gelangte, ohne sich zu beeilen, ans Ende des Parks, wobei er in seinem Kopf fieberhaft nach einem Gesprächsstoff suchte.

Die Parkmauer war an dieser Stelle ziemlich niedrig, und elf
Kerle in marineblauen Anzügen und weißen Socken kotzten
über die besagte Mauer hinweg, auf die sie sich bequem auf-
stützten.

»Gut erzogene Kerle!« bemerkte der Major im Vorbeigehen.

»Sie tun das lieber bei meinem Nachbarn. Aber es ist schade,
soviel guten Alkohol zu verlieren.«

»Sind Sie aber kleinlich!« sagte Zizanie mit Vorwurf in ihrer
sanften Stimme.

»Mein Liebling!« sagte der Major, »für Sie würde ich alles her-
geben, was ich habe!«

»Sind Sie aber großzügig«, sagte Zizanie lächelnd und preßte
sich an ihn.

Das Herz des Majors schwamm mit einem lauten Spritzge-
räusch in der Freude wie ein kleiner Tümmler. Es war das Geräusch der Feld- und Wiesenkotzerei, aber er merkte es nicht.
Ihre Gegenwart schien die elf zu stören, deren Rücken einen
vorwurfsvollen Ausdruck bekamen, und der Major und die
schöne Blonde entfernten sich sachte in den Alleen des
Parks.

Sie setzten sich auf die Bank, die Antioche am Morgen in den
Schatten des Kleinkratzers gestellt hatte. Zizanie schlief ein
wenig ein. Der Major ließ seinen Kopf auf die Schulter seiner
Gefährtin sinken, die Nase in ihrem Goldhaar verloren, aus
dem ein heimtückischer Duft kam, ein muffiger Geruch von
Rue Royale und Place Vendôme. Das Zeug hieß Brouyards
und war von Lenthérite.

Der Major nahm die Hände seiner sanften Freundin in die
seinen und verlor sich in einem inneren Traum, der bevölkert
war von verwirrenden Glückseligkeiten.

Eine feuchte und kalte Berührung auf seiner rechten Hand
ließ ihn zusammenfahren, wobei er einen Schrei ausstieß wie
ein Schischnuff in der Ekstase. Zizanie wurde wach.

Der Mackintosh, der gerade dabei war, die Hand des Majors
abzulecken, sprang ebenfalls zwölf Fuß hoch, als er den

Schrei des Majors hörte und entfernte sich gekränkt, wobei er »Psssh!« machte.

»Armer Kerl!« sagte der Major, »ich habe ihm Angst gemacht.«

»Aber nein, er hat Ihnen Angst gemacht, mein Liebling, und nicht umgekehrt«, sagte Zizanie. »Er ist dumm, Ihr Mackintosh.«

»Er ist halt noch so jung«, seufzte der Major. »Und er liebt mich so sehr. Aber Herrgottnochmal! Sie haben eben ›mein Liebling‹ zu mir gesagt!«

»Ja, entschuldigen Sie bitte«, sagte Zizanie. »Wissen Sie, ich bin aus dem Schlaf hochgefahren.«

»Sie brauchen sich nicht zu entschuldigen!« sagte der Major mit einem inbrünstigen Murmeln ... »Ich bin Ihr Ding.«

»Dann laß uns schlafen, mein Ding!« folgerte Zizanie und nahm eine bequeme Stellung ein.

14 Antioche, der allein geblieben war, hatte gerade ein Trio von Nachzüglern empfangen, das, o Wunder, eine strahlend schöne Rothaarige mit grünen Augen enthielt. Der andere Bruchteil des Trios, ein Mannsbild und ein Weibsbild ohne Bedeutung, entfernte sich bereits in Richtung Theke. Antioche forderte die Rothaarige zum Tanzen auf.

»Kennen Sie niemanden hier?« sagte er.

»Nein!« sagte die schöne Rothaarige, »und Sie?«

»Nicht alle, leider!« seufzte Antioche und drückte sie mit Nachdruck an sein Herz.

»Ich heiße Jacqueline!« sagte sie und versuchte, einen ihrer Schenkel zwischen die Beine Antioches zu schieben, der sich dementsprechend verhielt und sie während des ganzen Schlusses der Schallplatte auf den Mund küßte; es war *Baseball after midnight,* einer der letzten Erfolge von Crosse und Blackwell.

Antioche tanzte die beiden folgenden Tänze mit seiner neuen Partnerin, und er achtete sorgfältig darauf, sie während der kurzen Zeit, die das Ende einer Schallplatte vom Anfang der folgenden trennte, nicht loszulassen.

Er schickte sich an, den dritten mit ihr zu tanzen, als ein Bursche im Hahnentrittanzug mit besorgtem Gesicht zu ihm kam und ihn in den ersten Stock schleppte.

»Sehen Sie sich das an!« sagte er und zeigte auf die Tür der Toiletten. »Die Klos laufen über.«

Er machte Anstalten sich zu entfernen.

»Moment!« sagte darauf Antioche und hielt ihn am Ärmel zurück. »Kommen Sie mit. Es ist nicht lustig, allein zu sein.«

Sie betraten das stille Örtchen. Es lief tatsächlich über. Man erkannte genau die zu einer Kugel zusammengeknüllten Zeitungen.

»Na, wenn das so ist«, sagte Antioche und krempelte die Ärmel hoch, »dann wollen wir mal die Verstopfung beseitigen. Krempeln Sie die Ärmel hoch!«

»Aber ... Sie sind doch schon so weit ...«

»Nein! Ich habe die Ärmel nur hochgekrempelt, um Ihnen die Fresse zu polieren, wenn Sie nicht fertig sind, bis der kleine Zeiger fünf Runden gedreht hat. Verstehen Sie«, fügte Antioche hinzu, »einem alten Hasen wie mir brauchen Sie nicht beizubringen, wie man ums Cap Horn segelt ...«

»Ach? ...« machte der andere und tauchte seine Finger in etwas Weiches, das ganz unten im Siphon steckte, worauf er von Kopf bis Fuß zu zittern anfing und augenblicklich rahmweiß wurde.

»Sie haben zu Ihrer Rechten ein Spülbecken ...«, schloß Antioche in dem Augenblick, als der Unglückliche sich unter dem Fenster erhob, das sein Peiniger gerade aufgemacht hatte.

Das Fenster hielt den Schlag aus und der Schädel auch.

Dann ging Antioche wieder hinunter.

Wie erwartet stand Jacqueline an der Theke, eingerahmt von zwei Kerlen, die darum kämpften, ihr etwas zu trinken einzugießen. Antioche ergriff das Glas, das zu füllen ihnen gelungen war und hielt es Jacqueline hin.

»Danke!« sagte sie lächelnd und folgte ihm zur Mitte der Tanzpiste, die Corneille wie durch ein Wunder gerade verlassen hatte.

Er umschlang sie erneut. Die beiden an der Theke Zurückgebliebenen machten böse Gesichter.

»Sehen Sie sich das mal an!« höhnte Antioche. »Das hat die Nasenlöcher noch voller Plazenta und sowas will einen Profi meines Kalibers reinlegen!«

»Ach ja?« antwortete Jacqueline, ohne so recht zu verstehen. »Oh! Aber wer ist denn das da?«

Fromental war gerade an der Tür des Salons aufgetaucht.

15 Zum Glück startete *Mushrooms in my red nostrils,* und der Lärm der Blechinstrumente überdeckte das provokatorische Gebrüll des Unglücklichen; er stürzte sich auf die Theke und leerte zwei Drittel eines Ginfläschchens, bevor er wieder zu Atem kam.

Da er daraufhin alles vergessen hatte, ließ er ein glückliches Lächeln über die Anwesenden schweifen wie eine Ziege, die in einem ihrer Hufe Heu gefunden hat.

Er bemerkte in einer Ecke des Saals eine kleine Blondine, die bis zu den Brustwarzen dekolletiert war und ging mit sicherem Schritt zu ihr hinüber. Ohne auf ihn zu warten, strebte sie der Tür zu. Er lief hinter ihr her, wobei er ab und zu einen zwei Meter sieben hohen Sprung machte, um einen gelben Schmetterling zu fangen. Sie verlor sich – nicht für alle Welt – in einem Büschel wildwüchsigen Lorbeers, und die Zweige schlossen sich über Fromental, der ihr gefolgt war.

[50]

16 Nach einer halben Stunde wurde der Major, von einem fernen Gebrüll aus seiner Benommenheit gerissen – es war der Augenblick, in dem Fromental den Salon betrat – plötzlich wach. Zizanie wurde ebenfalls wach.

Er sah sie voller Liebe an und stellte fest, daß ihr Bauch sich in beängstigendem Ausmaß rundete.

»Zizanie!« rief er. »Was ist los?«

»Oh, mein Liebling!« sagte sie, »ist es möglich, daß Sie sich im Schlaf so benommen haben und daß das weiter keine Erinnerung in Ihnen hinterläßt?«

»So ein Mist!« sagte der Major ganz trivial, »ich habe nichts gemerkt. Entschuldige bitte, mein Liebes, aber wir müssen diese Sache in Ordnung bringen.«

Der Major war in Dingen der Liebe sehr naiv und er wußte nicht, daß es mindestens zehn Tage dauert, bis man anfängt etwas zu sehen.

»Das ist ganz einfach«, sagte Zizanie ... »Heute ist Donnerstag. Es ist sieben Uhr. Antioche wird losfahren, um für Sie bei meinem Onkel, der noch in seinem Büro ist, um meine Hand anzuhalten.«

»Du duzt mich ja gar nicht, mein gregorianisches Prachtstück?« sagte der Major, zu Tränen gerührt und von der Schulter bis zum Sitzbein von einem ungleichmäßigen Beben geschüttelt.

»Aber doch, mein Liebling«, antwortete Zizanie, »im Grunde, ich hab mir's genau überlegt ...«

»Es ist doch irre, was man im Schlaf nicht alles machen kann«, unterbrach der Major.

»Ich hab mir's genau überlegt und ich meine, daß ich nie einen besseren Mann bekommen kann ...«

»Oh, Engel meines Lebens!« rief der Major ... »Endlich hast du mich geduzt. Aber warum gehen wir nicht direkt zu deinem Vater, um ihn um deine Hand zu bitten?«

»Ich habe keinen.«

»Es ist also einer der deinen?«

»Es ist der Bruder meiner Mutter. Er verbringt sein Leben in seinem Büro.«

»Was sagt deine Tante dazu?«

»Darum kümmert er sich nicht. Er erlaubt ihr nicht einmal, mit ihm zusammenzuwohnen. Sie lebt in einer kleinen Wohnung, wo er sie manchmal besucht.«

»Verdammtes Bißniß!« schloß der Major.

»Mir wäre Biß-Nicht(e) lieber«, murmelte Zizanie und rieb sich an ihm, »weil er mein Onkel ist.«

Darauf biß sie der Major mit einer so unverhohlenen Freude, daß ihm drei Knöpfe absprangen, die Zizanie beinahe ein Auge ausschlugen.

»Suchen wir Antioche auf«, schlug letztere, ein wenig beruhigt, vor.

17 Als sie an der Gruppe der Lorbeersträucher vorbeigingen, in die sich Fromental gerade hineingestürzt hatte, bekam der Major nacheinander eine Socke, einen linken Schuh, einen Slip, eine Hose, an der er die Identität des Werfers erkannte, eine andere Socke, einen rechten Schuh, ein Paar Hosenträger, eine Weste und ein Hemd mit einer Krawatte dran auf den Kopf. Ihnen folgte augenblicklich ein Kleid, ein Büstenhalter, zwei Frauenschuhe, ein Paar Strümpfe, ein kleiner Spitzengürtel, der wahrscheinlich dazu bestimmt war, die besagten Strümpfe festzuhalten, und ein Ring von neunundsechzig Karat aus einem wurmstichigen Menhirsplitter mit Goldschnitt und auf Nadellager montiert. Der dem Mackintosh beinahe ein Auge ausgeschlagen hätte, der unvermutet auftauchte und gleich wieder wegging, wobei er »Psssh!« machte.

Der Major folgerte aus dieser Lawine:

1. Daß sie Fromentals Jacke als Bodenteppich benutzt hatten.

2. Daß die Partnerin keinen Slip trug und infolgedessen wußte, daß sie auf eine sympathische Party ging.

Er hätte noch einen Haufen anderer Dinge daraus schließen
können, aber er beschränkte sich nun mal auf diese.
Man amüsierte sich bei ihm und das freute ihn.
Er war auch glücklich, als er sah, daß Fromental nicht mehr
an sein Auto dachte.

18 Übrigens hatte Fromental es noch gar nicht gesehen.

19 Der Major nutzte die Eigenschaft von Zizanies Kleid,
die gleich zu Anfang schon die Aufmerksamkeit Antioches auf sich gezogen hatte, um seinen Weg in enger Tuch-
fühlung fortzusetzen. Der Nutzeffekt war ausgezeichnet.
Er kletterte die Stufen der Freitreppe hinauf und rief:
»Antioche!«
Der gab keine Antwort, und der Major hatte sehr bald begriffen, daß er nicht da war. Der Major ging also hinein und begab sich geradewegs zum Bumsraum. Er ließ Zizanie auf der
Türschwelle stehen.
Er fand Antioche, der sich erleichtert aufrichtete, denn es
war die elfte Wiederholung, und es hatte nicht den Anschein,
als genüge das. Jacqueline schlug bedächtig ihren Rock her-
unter und stand schwungvoll auf.
»Tanzen Sie mit mir?« schlug sie dem Major vor und warf
ihm einen Blick von 1300 Grad zu.
»Eine Minute...«, flehte der Major.
»Gut, dann werde ich eben versuchen, jemanden anderen zu
finden...«, sagte sie und entfernte sich voller Takt und voller
Ziegenhaare, die vom Sofa des Bumsraums herrührten.
»Antioche!« murmelte der Major, sobald sie Fersengeld gegeben hatte.

»Hier!« antwortete Antioche, der in einer tadellosen strammen Haltung erstarrte, den Oberkörper im rechten Winkel durchgedrückt und den Zeigefinger an der Halsschlagader.

»Ich muß sie sofort heiraten ... Sie ist ...«

»Was?« wunderte sich Antioche. »Schon!«

»Ja ...«, seufzte der Major bescheiden. »Und ich habe es nicht selber gemerkt. Ich habe es im Schlaf getan.«

»Du bist wirklich ein ungewöhnlicher Typ!« sagte Antioche.

»Danke, Alter«, sagte der Major. »Kann ich auf dich zählen?«

»Sicherlich um bei ihrem Vater um ihre Hand anzuhalten?«

»Nein, bei ihrem Onkel.«

»Wo haust das Wirbeltier?« fragte Antioche.

»In seinem Büro, inmitten kostbarer Akten, die er persönlich zusammengetragen hat und die die uninteressanten Aktivitäten des menschlichen Treibens betreffen.«

»Also gut!« sagte Antioche, »ich werde morgen hingehen.«

»Sofort!« insistierte der Major. »Sieh dir ihren Umfang an.«

»Ja und?« sagte Antioche und öffnete die Tür des Bumsraums einen Spalt, um sie zu betrachten. »Was ist denn da so ungewöhnlich dran?«

Zizanie war in der Tat ganz schmal, wie sich der Major nun ebenfalls überzeugen konnte.

»Verflixt und zugenäht!« sagte er. »Sie hat mir den Pylorustrick vorgemacht ...«

Es war ein Kunststück, das die Fakire praktizierten, das er seit Jahren übte und das darin bestand, seinen Magen auf eine fast unmenschliche Weise vorspringen zu lassen.

»Vielleicht warst du einfach nur mit Blindheit geschlagen ...«, sagte Antioche. »Verstehst du, nach so einer Begegnung ...«

»Du hast sicherlich recht«, räumte der Major ein. »Meine Nerven sind richtig aufgeringelt. Morgen ist auch noch Zeit, ihren Onkel aufzusuchen.«

20 Im Saal, in dem sich die Tänzer immer noch drehten, ergriff der Major wieder Besitz von Zizanie, aber Antioche fand Jacqueline nicht wieder. Er ging also hinaus in den Park und erblickte an der Ecke eines viereckigen Baums einen Fuß, der hervorsah... und am Ende dieses Fußes fand er einen ersten Gast, kraftlos, erschöpft... etwas weiter einen anderen im gleichen Zustand, dann fünf andere in einer ungeordneten Gruppe und dann noch zwei Einzelgänger.

Im Gemüsegarten sah er endlich die Rothaarige, die eine Stange Lauch ausgerissen hatte und sich in der mazedonischen Schikane übte.

Er rief sie von weitem an. Sie ließ ihren Rock fallen und voller Unternehmungsgeist kam sie auf ihn zu.

»Immer noch swing?« fragte er sie.

»Ja, natürlich; und Sie?«

»Ein bißchen noch, aber wirklich nur ganz wenig...«

»Armer Freund...«, murmelte sie liebevoll, wobei sie sich auf die Zehen stellte, um ihn zu umarmen.

Man hörte ein verhängnisvolles Krachen, und Antioche schob nacheinander die rechte Hand in jedes seiner Hosenbeine, um die beiden Hälften eines entsetzlich zerfetzten Slips daraus hervorzuziehen.

»Mir fehlen einfach die Mittel...«, folgerte er. »Aber vielleicht könnte ein anderer Sie in Ermangelung meiner Person befriedigen...«

Sie mit dem Arm in respektvoller Entfernung haltend, gelangte er bei dem Lorbeerstrauch an, in dessen Schutz Fromental, ganz nackt, mit dem Boden zu bumsen schien. Er hatte sich so freudig hineingekniet, daß seine Eroberung unter dem wiederholten Druck allmählich unter einer dicken Humusschicht verschwunden war, immer tiefer in fettem Mutterboden versinkend. Antioche befreite sie aus ihrer unbequemen Lage und nachdem er sie im kühlen Gras hatte zu sich kommen lassen, machte er die Herrschaften miteinander bekannt.

21 Beim hundertvierzehnten Versuch brach Fromental, besiegt und überwunden, über dem duftenden Körper Jacquelines zusammen, die mit zweifelndem Gesicht an einem Lorbeerstiel schnüffelte.

22 Die Party ging dem Ende zu. Janine war es gelungen, die während des Nachmittags sorgfältig ausgesuchten neunundzwanzig Schallplatten in ihrem Büstenhalter zu verstecken. Corneille, der schon lange weggegangen war, um einen Brei zu essen, war zurückgekommen, dann wieder gegangen, und niemand wußte, wo er abgeblieben war. Seine Eltern, die außer sich waren, drehten sich mitten im Saal im Kreise, und alle glaubten, es handele sich um ein noch nie dagewesenes Swing-Ballett.

Antioche ging in die oberen Stockwerke hinauf. Er zog zwei Paare aus dem Bett des Majors, zwei andere und einen Päderasten aus seinem eigenen, drei aus dem Besenschrank, eins aus dem Schuhschrank (es war ein ganz kleines Paar). Er fand sieben Mädchen und einen Jungen im Kohlenkeller, alle nackt und mit malvenfarbener Kotze bedeckt. Er zog eine kleine Brünette aus dem Heizkessel, der zum Glück noch nicht ganz erloschen war, was sie vor einer Lungenentzündung bewahrt hatte, sammelte zehn Francs fünfundvierzig in Scheidemünzen ein, als er an einem Kronleuchter schüttelte, in dem zwei betrunkene Individuen von unbestimmbarem Geschlecht seit fünf Uhr nachmittags Bridge spielten, sammelte die Stücke von siebenhundertzweiundsechzig geschliffenen Kristallgläsern ein, die während des Empfangs in die Brüche gegangen waren. Er fand Kuchenreste sogar auf Tellern, eine Puderdose in einem Toilettenpapierspender, ein Paar nicht zusammengehörende karierte Wollsocken im Elektroofen, gab einem Jagdhund, den er nicht kannte und der im Fliegenschrank eingeschlossen war, die Freiheit zurück und löschte fünf beginnende Brände wegen hartnäckigen Brennens liegengelassener Kippen. Dreiviertel aller Sofas im Tanzsaal waren mit Portwein befleckt; das andere Viertel mit Mayonnaise. Der Plattenspieler hatte seinen Motor und seinen Arm verloren. Es blieb nur noch der Schalter übrig. Antioche kam in dem Augenblick in den Saal zurück, als die Gäste gingen. Es blieben drei überschüssige Regenmäntel übrig.

Er sagte ihnen allen auf Wiedersehen und ging weg, um sie am Parktor zu erwarten, wo er, um sich zu rächen, jeden vierten, so wie sie herauskamen, mit dem Maschinengewehr niederschoß. Dann ging er wieder die Allee hinauf und kam an der Gruppe der Lorbeersträucher vorbei.

Der Mackintosh saß rittlings auf der ohnmächtig gewordenen Jacqueline und stieß kleine Freudenschreie aus. Antioche streichelte ihn mit der Hand, zog den immer noch leblosen Fromental und seine ursprüngliche Partnerin, die im Gras schlief, an und weckte sie mit großen Fußtritten in den Arsch auf.

»Wo ist mein Auto?« fragte Fromental, als er wieder zu Bewußtsein kam.

»Dort«, sagte Antioche und zeigte auf einen Trümmerhaufen, aus dem ein ganz verbogenes Steuer hervorsah.

Fromental setzte sich vor das Steuer und hieß das junge Mädchen sich neben ihn setzen.

»Ein Cardebrye springt immer sofort an«, röhrte er. Er zog an einem Hebel, und das Steuer fuhr an, ihn mitziehend ...

Die kleine Blondine lief hinterher ...

ENDE DES ERSTEN TEILS

Zweiter Teil
Im Schatten der Vervielfältigungsgeräte

1 Der Hauptunteringenieur Léon-Charles Miqueut hielt inmitten seiner sechs Stellvertreter seine wöchentliche Ratssitzung in dem stinkenden Büro ab, das er im letzten Stockwerk eines modernen Gebäudes aus Quadersteinen innehatte.

Der Raum war höchst geschmackvoll möbliert mit sechzehn Aktenschränken aus sodomisiertem Eichenholz, das mit einem leicht gänsekackefarbenen Bürokratenlack behandelt worden war, Stahlmöbeln mit Rollschubladen, in denen man die ganz besonders vertraulichen Papiere ablegte, mit dringlichen Akten überladenen Tischen, einer drei auf zwei Meter großen Planungstafel, die ein perfektioniertes System bunter Karteikarten enthielt, die nie auf dem neuesten Stand waren. Ein Dutzend Bretter trug die Früchte des nie erlahmenden Fleißes der Abteilung, die Gestalt angenommen hatten in Form kleiner, mausgrauer Hefte, die alle Formen der menschlichen Aktivität zu regeln versuchten. Man nannte sie Nothons. Stolz versuchten sie die Produktion zu organisieren und die Verbraucher zu schützen.

In der hierarchischen Rangfolge stand der Hauptunteringenieur Miqueut unmittelbar hinter dem Hauptingenieur Touchebœuf. Beide befaßten sich mit den technischen Problemen.

Die Behandlung der Verwaltungsfragen oblag ganz natürlich dem Verwaltungsdirektor, Joseph Brignole, und zu einem Teil dem Generalsekretär.

Generaldirektor Émile Gallopin koordinierte die Aktivitäten seiner Untergebenen. Ein Dutzend Verwaltungsräte aller Art vervollständigte das Ganze, das sich CONSORTIUM NATIONAL DE L'UNIFICATION (Nationales Konsortium für die Unifikation) oder abgekürzt C.N.U. nannte.

Das Gebäude beherbergte noch einige Generalinspekteure, alte Haudegen im Ruhestand, die den größten Teil ihrer Zeit damit zubrachten, bei den technischen Sitzungen zu schnarchen und den restlichen Teil, unter dem Deckmantel von

Aufträgen durchs Land zu eilen, die ihnen einen Vorwand lieferten, die Mitglieder zu prellen, deren Beiträge es der C.N.U. ermöglichten, sich recht und schlecht über Wasser zu halten.

Um jeden Mißbrauch zu verhindern, hatte die Regierung, die die hartnäckige Verbissenheit der Hauptingenieure Miqueut und Touchebœuf, Nothons zu erarbeiten, nicht auf einen Schlag bremsen konnte, einen glänzenden Polytechniker und zwar den Zentraldelegierten der Regierung, Requin, delegiert, um sie zu überwachen. Seine Aufgabe bestand darin, den Erfolg der Nothons so lange wie möglich hinauszuzögern. Das gelang ihm mühelos dadurch, daß er mehrmals wöchentlich die Spitzen der C.N.U. zu hundertmal wiedergekäuten Diskussionen, auf die er aber, schon aus Gewohnheit, nicht mehr hätte verzichten können, in sein Büro kommen ließ.

Ansonsten bezog Monsieur Requin von mehreren Ministerien Gehälter und gab unter seinem Namen technische Werke heraus, mit deren Ausarbeitung unbekannte Ingenieure mühselige Stunden zubrachten.

Trotz der Regierung, trotz der Hindernisse, trotz allem stand man am Ende eines jeden Monats vor dieser Gewißheit: wieder hatten einige Nothons mehr das Licht der Welt erblickt. Ohne die von den Industriellen und Kaufleuten ergriffenen weisen Vorsichtsmaßregeln wäre die Lage gefährlich geworden: was soll man von einem Land halten, wo man hundert Zentiliter für einen Liter ausgibt und wo ein Schraubenbolzen, der garantiert fünfzehn Tonnen aushält, eine Last von 15 000 Kilo zu halten vermag? Zum Glück nahmen die betroffenen Berufe mit Unterstützung der Regierung einen gewichtigen Anteil an der Schaffung der Nothons und faßten sie so ab, daß Jahre zu ihrer Entzifferung notwendig wurden: nach dieser Zeit bereitete man ihre Änderung vor.

Um bei dem Delegierten gut angeschrieben zu sein, hatten auch Miqueut und Touchebœuf versucht, den Eifer ihrer

Untergebenen zu bremsen und den Vormarsch der Nothons aufzuhalten, doch seitdem man die Harmlosigkeit dieser Nothons erkannt hatte, beschränkten sie sich auf häufige Empfehlungen, Vorsicht und auf das Beispiel des Delegierten Requin, beriefen immer häufiger Versammlungen ein, durch die ein Höchstmaß an Zeit verloren ging.

Übrigens standen die Nothons dank einer geschickten Propaganda beim Publikum – das sie zu schützen vorgaben – in sehr schlechtem Ruf.

2 »Nun!« sagte Miqueut stammelnd, denn er war nicht sehr redegewandt, »äh ... ich werde heute mit Ihnen über ... äh ... verschiedene Dinge sprechen, von denen ich glaube, daß Ihre Aufmerksamkeit ... zumindest die einiger von Ihnen, darauf gelenkt werden sollte.«

Er sah sie alle mit dem Blick eines Maulwurfs an, der ein ausschweifendes Leben geführt hat, befeuchtete seine Lippen mit etwas weißlichem Speichel und fuhr fort:

»Zunächst einmal die Frage der Kommas ... Ich habe festgestellt, und zwar mehrmals ... wohlgemerkt, ich spreche nicht speziell für unsere Abteilung, wo man im Gegenteil, bis auf wenige Ausnahmen, in der Regel achtgibt, daß das Fehlen von Kommas sich in gewissen Fällen als äußerst störend erweisen kann ... Sie wissen, daß die Kommas, deren Bestimmung es ist, in dem zu schreibenden Satz eine Ruhepause anzuzeigen, die von der Stimme des Lesenden, für den Fall selbstverständlich, daß dieses Schriftstück laut vorgelesen werden muß, einzuhalten ist ... ich möchte Sie also im Grundprinzip daran erinnern, sehr streng darauf zu achten, denn, vor allem, in dem Falle, nicht wahr, wo es sich um Schriftstücke handelt, die an die Delegation geschickt werden müssen.«

Die Delegation war der Regierungsorganismus, an dessen

[63]

Spitze Monsieur Requin stand, der den Auftrag hatte, die Anregungen und Projekte der Nothons, die aus der C.N.U. hervorgingen, und vor dem Miqueut einen heiligen Bammel hatte, weil er die Verwaltung repräsentierte, gründlich zu untersuchen.

Miqueut hielt inne. Er wurde immer ein wenig bleich und feierlich, wenn er von der Delegation sprach und senkte dann die Stimme um mehrere Töne.

»Ich möchte Sie daran erinnern, vor allem, wenn es sich um Berichte handelt, daß sie also genau achtgeben müssen, und ich zähle fest darauf, daß Sie alles Notwendige unternehmen, um diese Ermahnung nicht aus den Augen zu verlieren, die, das sage ich noch einmal, nicht unsere Abteilung betrifft, wo man, von wenigen Ausnahmen abgesehen, ziemlich achtgibt. Ich habe kürzlich Gelegenheit gehabt, mit einer Person zu plaudern, die diese Probleme häufig untersucht, und ich darf Ihnen versichern, daß das, was bei den Nothons zählt, der Begleittext ist, durch den sie vorgestellt werden, und es ist, nicht wahr... äh... höchst wünschenswert, noch besser achtzugeben, denn, was man beim Nothon liest, ist der Bericht, und deshalb bestehe ich immer darauf, daß Sie genau achtgeben, denn in den Beziehungen zur Außenwelt und ganz besonders, ich möchte noch einmal auf diesem Punkt bestehen, zur Delegation, müssen wir uns hüten, Ungeschicklichkeiten zu begehen, weil das Dramen heraufzubeschwören droht, und das ist dann eine Riesenaffäre... und auf jeden Fall rate ich Ihnen lebhaft, nicht mit unserem Kontrollorganismus zu rechnen, der zwar kontrollieren soll, in Wirklichkeit aber nichts zu tun haben darf, und außerdem haben manche von Ihnen, mit denen ich schon gesprochen habe, zu ihrem Schaden festgestellt, daß es ein gewisses Risiko bedeutet, der Kontrolle zu vertrauen, die, ich sage das noch einmal, da ist, um zu kontrollieren, in Wirklichkeit aber nichts mehr zu kontrollieren haben darf, wenn die Schriftstücke hinausgehen.«

Er hielt zufrieden inne und ließ seinen Blick in die Runde der sechs Stellvertreter schweifen, die vor sich hindösten, während sie einfältig zuhörten, ein unbestimmtes Lächeln auf den Lippen.

»Im Grundprinzip«, fuhr er fort, »ich sage Ihnen das noch einmal, müssen Sie genau achtgeben. Und jetzt möchte ich über eine andere Frage mit Ihnen reden, die fast genauso wichtig ist wie die der Kommas, und zwar über die Frage des Semikolons...«

Drei Stunden danach war die wöchentliche Ratssitzung, die im Prinzip zehn Minuten dauern sollte, immer noch im Gange und Miqueut sagte:

»Nun, ich glaube, daß... äh... wir unser Programm für heute morgen annähernd erschöpft haben... Fällt Ihnen noch eine andere Frage ein, mit der wir uns eingehend befassen könnten?«

»Ja, Monsieur«, sagte Adolphe Troude, der aus dem Schlaf aufschreckte. »Da ist noch die Frage der Zeitschriften *Épatant* und *Petit Illustré*.«

»Was klappt da nicht?« fragte Miqueut.

»Mit dem Umlauf klappt es überhaupt nicht«, behauptete Troude. »Die Stenotypistinnen mopsen sie uns und die Generalinspekteure finden mit der Lektüre kein Ende.«

»Sie wissen, daß wir, ich wie Sie, auf die Generalinspekteure, die immerhin ehemalige Haudegen sind, die größte Rücksicht nehmen müssen...«

»Das ist kein Grund«, sagte Troude ohne ersichtliche Logik, »daß die Stenotypistinnen uns den *Épatant* mopsen.«

»Auf jeden Fall haben Sie recht, daß Sie mich davon in Kenntnis setzen«, sagte Miqueut, der die Information auf seinem Spezialblock notierte. »Ich werde Madame Lougre dieserhalb befragen... Sonst gibt es nichts?«

»Nein«, sagte Troude, und die andern machten »nein« mit dem Kopf.

»Dann ist die Sitzung beendet, meine Herren... Léger,

Sie bleiben noch eine Minute, ich habe mit Ihnen zu reden.«

»Sofort, Monsieur«, sagte Léger. »Ich gehe nur noch meinen Notizblock holen.«

3 Nachdem er mit Karacho in sein Büro geeilt war, rieb Léger einige Augenblick lang seinen Schnurrbart, den die Motten während des Winters wegen der Paradichlorobenzolknappheit, hervorgerufen durch die gerade in der Lyoner Gegend wütende Grippeepidemie, ein wenig angefressen hatten. Er richtete seine lachsfarbenen Gamaschen, ergriff eine dicke Mappe mit dringender Post, die er auf seinen Schenkel schlug, um den Staub davon abzuschütteln und eilte zu Miqueut.

»Hier bin ich, Monsieur«, sagte er und setzte sich zur Linken dieses gefährlichen Mannes. »Ich habe die hundertsiebenundzwanzig Antworten für die Morgenpost vorbereitet, und ich habe zweiunddreißig Vermerke für die Delegation, um die Sie mich für morgen gebeten haben.«

»Wunderbar!« sagte Miqueut. »Haben Sie die sechshundertvierundfünfzig Seiten starke Matrize abtippen lassen, die wir vorgestern bekommen haben?«

»Mademoiselle Rouget tippt sie gerade ab«, sagte Léger. »Ich habe sie etwas zusammenstauchen müssen ... Ich bin mit ihrer Arbeit nicht sehr zufrieden.«

»In der Tat«, sagte Miqueut, »es geht nicht sehr schnell. Nun, sobald die Zeiten wieder besser sind, wollen wir versuchen, eine Sekretärin für Sie zu finden ... die ihrer Aufgabe gewachsen ist. Im Augenblick, nicht wahr, müssen wir nehmen, was wir finden. So, und jetzt sehen wir uns diese Briefe an.«

»Der erste«, sagte Léger, »ist die Antwort an das Kautschukinstitut wegen der Versuche mit den Eisbeuteln.«

Hauptunteringenieur Miqueut rückte seinen Zwicker zurecht und las:

»Monsieur,

in Beantwortung Ihres oben angeführten Schreibens ...«

»Nein«, sagte er, »schreiben Sie: ›Wir haben die Ehre, Ihnen den Empfang Ihres oben angeführten Schreibens zu bestätigen ...‹ das ist doch die übliche Formel, nicht wahr?«

»Ach ja!« sagte Léger, »entschuldigen Sie bitte, ich hatte es vergessen.«

Miqueut fuhr fort:

»... wir haben die Ehre, Sie davon zu unterrichten, daß ...«

»Gut!« pflichtete er bei, »Sie haben die Formel erfaßt. Im Grundprinzip wäre auch Ihre erste Fassung gegangen ... Sie ändern das wieder um, nicht wahr? ...«

»... Sie davon zu unterrichten, daß wir beabsichtigen, demnächst Versuche mit Eisbeuteln unter normalen Einsatzbedingungen anzustellen. Wir wären Ihnen sehr dankbar, wenn Sie uns wissen ließen ...«

»Nein, nicht wahr, im Grundprinzip sind die doch mehr oder weniger von uns abhängig, und wir brauchen nicht allzu ... äh ... übertrieben höflich zu sein, nein ... Sie sehen also, nicht wahr, es ist nicht genau das richtige Wort ... aber Sie wissen Bescheid, ja?«

»Ja ...«, antwortete Léger.

»Sie schreiben was anderes, ja? Ich zähle auf Sie ... Schreiben Sie: ›Wir bitten Sie‹ ... oder ... na ja, Sie wissen schon ...«

»... wenn Sie uns wissen ließen ...«

»Gut, Sie werden das schon hinkriegen, ja!«

»... wenn es Ihnen möglich ist, an dieser Versammlung teilzunehmen, an der auch seine Eminenz, Kardinal Baudrillon, der Direktor des Latex und der Nachschubwege vom Zentralministerium der Torfmoore und der Wasserwege und der Direktor der Unschuldigen Spiele des Departements Seine teilnehmen werden. Wir bitten Sie, uns wissen zu lassen ...«

»Das macht sich nicht gut, zweimal ›wir bitten Sie‹, man sollte den vorhergehenden Satz ändern«, bemerkte Léger, der ein Luchsauge hatte.

»Nun ... äh ... Sie werden das schon hinkriegen, nicht wahr, ich verlasse mich da ganz auf Sie ...«

»... uns so früh wie möglich wissen zu lassen, ob Sie teilnehmen können ...«

»Oh nein!« protestierte Miqueut, »Ihre Fassung ist gar nicht gut ...«

Sich mit einem jämmerlichen Direktorenbleistiftstummel – einer Marke, die den Führungskräften des Konsortiums vorbehalten war – bewaffnend, schrieb er in engen Buchstaben zwischen die Zeilen:

»... uns umgehendst wissen zu lassen« – nicht wahr – »ob es Ihnen möglich ist, teilzunehmen ...«

»Verstehen Sie, so ist es im Grundprinzip mehr ... das heißt, begreifen Sie ...«

»Ja, Monsieur«, sagte Léger.

»Nun«, schloß Miqueut, wobei er den Schluß des Briefes rasch mit den Augen überflog, »Ihr Brief ist mit dieser einen Ausnahme völlig in Ordnung ... Sehen wir uns die andern an ...«

Das Haustelefon läutete und unterbrach ihn plötzlich.

»Ach, zu dumm«, sagte er mit einer Gebärde des Verdrusses. Er hob ab.

»Hallo? Ja! Guten Tag, mein Lieber! ... Sofort? Gut! Ich komme herunter!«

»Ich werde zur Skatrunde benötigt«, sagte er mit einer Gebärde der Entschuldigung. »Den Rest sehen wir uns dann eben später an ...«

»Sehr wohl, Monsieur«, antwortete Léger, der hinausging und die Tür hinter sich schloß ...

4 Die Abteilungen des Hauptunteringenieurs Miqueut
waren im letzten Stockwerk des Gebäudes zusammen-
gefaßt, in dem das gesamte Konsortium untergebracht war.
Ein Mittelgang erschloß eine gewisse Anzahl von Büros, die
untereinander durch eine Reihe von Innentüren verbunden
waren. Im Baryzentrum thronte Léon-Charles, eingerahmt
von René Vidal zur rechten und Emmanuel Pigeon auf der
anderen Seite. An das Büro Vidals angrenzend lag das von
Victor Léger, das er mit Henri Levadoux teilte. Pigeon hatte
Adolphe Troude als Gegenüber, und Jacques Marion hatte
neben ihnen ein Büro, das ganz am Ende des Flurs lag. Auf
der anderen Seite waren die Büros der Stenotypistinnen und
die Telefonzentrale.
Léger vollzog seinen Abgang durch Vidals Büro.
»Er ist hinuntergegangen!« rief er im Vorbeigehen.
Vidal hatte Miqueut schon hinausgehen und vor der Toilette
zum Pinkeln haltmachen gehört, was er immer tat, wenn
er sein Büro verließ, um dann die Treppe hinunterzugehen.
Pigeon, der feine Ohren hatte, stieß zu den beiden andern,
und Levadoux vervollständigte die Versammlung.
Sie fanden sich bei Vidal zusammen, wenn der Hauptunteringenieur zu einer Besprechung mit Touchebœuf hinunter-
ging oder zu einer Sitzung mußte.
Gewöhnlich blieb Adolphe Troude in seinem Büro und be-
kritzelte zahlreiche, von ehemaligen, annullierten Nothons
stammende Konzeptblätter mit einer Folge von Zeichen, die
vergleichbar waren mit den Ausgeburten eines analphabe-
tischen und trunksüchtigen Hautflüglers.
Marion schlief, das Kinn bequem auf das äußerste Ende eines
Lineals aus gegabeltem Birnbaumholz gestützt. Er war gerade in den Stand der heiligen Ehe getreten; das schien ihm
nicht gut zu bekommen. Er war allerdings lange bei der Ar-
mee gewesen, bevor er zur C.N.U. kam, und es ist nicht ausgeschlossen, daß alle diese Schläge zusammen ihre Wirkung
taten.

»Meine Herren«, erklärte Pigeon, »unsere früheren Gespräche haben uns wertvolle Auskünfte über das Verhalten von Hauptunteringenieur Miqueut gebracht. Wir wollen noch einmal zusammenfassen, was wir, dank unserer persönlichen Beobachtungen, bereits wissen:

a) Er sagt ›Viel Spaß‹ am Telefon;

b) Er benutzt oft den wohlbekannten Ausdruck ›dergestalt daß‹;

c) Er kratzt sich gern in der Hosenlatzgegend;

d) Er hört mit dem Kratzen nur auf, um an den Fingernägeln zu kauen.«

»Wir sind einer Meinung«, antwortete Vidal.

»Meine kürzlichen Überlegungen«, fuhr Pigeon fort, »veranlassen mich im Gegenteil zu der Behauptung, daß wir über diesen letzten Punkt nicht einer Meinung sind:

Er kaut nicht an den Fingernägeln.«

»Er lutscht doch immer an den Fingern herum!« protestierte Léger.

»Ja«, antwortete Pigeon unerschütterlich, »nachdem er sie zuvor in die Nase gesteckt hat.«

Der Vorgang spielt sich folgendermaßen ab: er kratzt mit den Fingernägeln an den Zähnen herum, um diese zu schärfen, dann führt er die Finger in die Nase und holt sie anschließend wieder mit ihrer Ladung heraus. Er glättet seinen Schnurrbart mit Hilfe des Speichels, der das äußere Ende seiner Fingerglieder bedeckt und kostet schließlich die Frucht seines Suchens.

»Angenommen!« sagte Levadoux. »Dem ist nichts hinzuzufügen.«

Im Augenblick jedenfalls nichts.

»Trotzdem«, schloß Vidal, »langweilt man sich hier unglaublich!«

»Es ist irre, wie man sich hier langweilt!« pflichtete Pigeon bei.

»Wir würden uns draußen so wohlfühlen!« sagte Levadoux,

und diese originelle Bemerkung ließ in seine rosa Topas-
augen eine Wolke galoppierender Nostalgie treten.

»Ich«, sagte Léger, »langweile mich nicht. Im Gegenteil,
ich bin gerade dank einer raffinierten Berechnung, die ich
in einem *Bulletin der heretischen Versicherungsträger-Vorstände
Frankreichs* gelesen habe, zu der Erkenntnis gelangt, daß ich
bereits die Hälfte meines normalen Daseins hinter mir habe.
Das Schlimmste ist getan.«

Mit dieser tröstenden Vorstellung trennten sie sich dann.
Pigeon kehrte in sein Büro zurück, um ein Nickerchen zu
machen, Victor machte sich wieder an das Studium der eng-
lischen Sprache und Levadoux an die Vorbereitungen zum
Hauptschulabschluß, einer sehr schwierigen Prüfung, die er
am Jahresende ablegte. Er faßte in der Tat die Möglichkeit ins
Auge, die C.N.U. zu verlassen und das Abschlußzeugnis der
Volksschule wäre für ihn höchst nützlich, um später wieder
zurückzukommen.

René Vidal machte sich wieder an die Kopie einiger Partitu-
ren. Er spielte die harmonische Trompete im Amateur-Jazz-
Orchester Claude Abadies, und das nahm viel Zeit in Anspruch.

Nebenher fertigten sie auch noch Nothonprojekte an, für die
Hauptunteringenieur Miqueut in unvergleichlicher Seelen-
größe die volle Verantwortung übernahm, sobald sie ausge-
reift waren.

5 Wieder allein in seinem Büro, machte sich René Vidal
erneut an seine augenblickliche Arbeit, die in der Perfo-
rierung einer gewissen Anzahl von Bogen bestand, auf die
persönliche Anmerkungen eingetragen werden sollten.

Er machte seit kaum zehn Minten Löcher, als das Zirpen des
Haustelefons ertönte.

Er hob ab.

»Hallo? Monsieur Vidal? Hier Mademoiselle Alliage.«

»Guten Tag, Mademoiselle«, sagte Vidal.

»Guten Tag, Monsieur. Monsieur, hier ist ein Besucher, der Monsieur Miqueut sprechen möchte.«

»In welcher Angelegenheit?« fragte Vidal.

»Es ist von weißen Handschuhen die Rede, aber man kann seiner Unterhaltung nur schwer folgen.«

»Weiße Handschuhe?« murmelte Vidal. »Leder oder Tuch?... Dann ist es für mich. Schicken Sie ihn herauf, Mademoiselle. Ich werde ihn empfangen, denn Monsieur Miqueut ist beim Chef. Wie heißt er denn?«

»Es ist Monsieur Tambrétambre, Monsieur. Ich schick ihn rauf.«

»Tun Sie das.«

Vidal legte auf.

»Es ist zum Kotzen, Jungs«, sagte er und öffnete die Tür Légers und Levadoux' einen Spalt. »Ich habe einen Besucher.«

»Amüsieren Sie sich gut!« höhnte Léger, der ohne Übergang zu deklamieren begann: »My tailor is rich«, die erste Lektion seines Sprachlehrbuches.

Mit einer kreisförmigen und zentripetalen Bewegung des rechten Armes fegte Vidal die überfüllte Oberfläche seines Schreibtisches leer und stopfte den Haufen Papierkram, der dadurch zusammenkam, in die linke Schublade, was dem Ganzen ein würdevolleres Aussehen verlieh. Dann ergriff er ein vervielfältigtes Schriftstück und begann es aufmerksam zu lesen. Es war immer das gleiche, das ihm dazu diente. Es war zwar schon sieben Jahre alt, aber es war sehr dick und wirkte sehr seriös. Es behandelte die Vereinheitlichung der Keile für die Hinterräder leichter Handwagen zum Transport von Baumaterialien mit einem Ausmaß unter 17.30.15 Zentimetern, die beim Verladen keine nennenswerte Gefahr bilden. Das Problem war zwar noch nicht gelöst, aber das Schriftstück blieb unverwüstlich.

Es klopfte zweimal an der Tür.

»Herein!« rief Vidal.

Antioche kam herein.

»Guten Tag, Monsieur«, sagte Vidal. »Bitte, setzen Sie sich.«
Er rückte ihm einen Stuhl heran.

Die beiden Männer sahen sich einige Augenblicke lang
an und stellten fest, daß sie sich auf ganz merkwürdige Art
glichen, was ihnen sehr über ihre Befangenheit hinweg-
half.

»Monsieur«, sagte Antioche, »ich möchte Monsieur Miqueut
gern in einer persönlichen Angelegenheit sprechen. Genau
genommen möchte ich bei ihm um die Hand seiner Nichte
anhalten.«

»Gestatten Sie, daß ich Ihnen dazu herzlich gratuliere ...«,
sagte René Vidal und verbarg dabei ein mitleidiges Lächeln.

»Tun Sie das nicht, es ist nämlich für einen Freund«, fügte
Antioche lebhaft hinzu.

»Nun, wenn Ihre Freundschaft in solchen Freundschafts-
diensten zum Ausdruck kommt, dann wäre ich Ihnen unend-
lich dankbar, wenn Sie mich von nun an als einen möglichen
Freund betrachten möchten«, sagte Vidal im reinsten Stil der
C.N.U.

»Mit andern Worten«, folgerte Antioche, der eine einfache
Sprache schätzte, »Unteringenieur Miqueut ist eine Nervensäge.«

»Von der schlimmsten Sorte«, sagte Vidal.

In diesem Augenblick ging die Tür auf, die in das Büro Levadoux' und Légers führte.

»Entschuldigen Sie bitte«, sagte Levadoux und steckte den
Kopf durch die Öffnung der Tür, »wissen Sie, was Miqueut
heute nachmittag macht?«

»Ich glaube, daß er mit Troude zu einer Sitzung geht«, sagte
Vidal, »aber es wäre klug, wenn Sie sich dessen vorher verge-
wisserten.«

»Danke«, sagte Levadoux und machte die Tür wieder zu.

»Kommen wir zu unserem Thema zurück«, sagte Antioche.
»Ich glaube, daß ich Schwein gehabt habe, heute morgen

nicht Miqueut anzutreffen. Es ist immer besser, wenn man die Leute, mit denen man verhandeln will, vorher schon ein bißchen kennt.«

»Sie haben recht«, sagte Vidal. »Aber ich wußte nicht, daß Miqueut eine Nichte hat.«

»Sie ist recht sympathisch…«, gab Antioche zu, wobei er an die Party dachte.

»Dann gleicht sie ihrem Onkel überhaupt nicht.«

Er hatte in der Tat das Aussehen eines leicht ergrauten Einfaltspinsels mit chinesischem Einschlag, was durch ein höchst unangenehm anzusehendes Augenzwinkern noch verstärkt wurde; er war kurzsichtig und zeigte sich aus Koketterie häufig ohne Brille.

»Sie machen mir ein wenig Angst«, sagte Antioche. »Na ja, der Major wird schon klarkommen.«

»Ach! Ist es für den Major?« sagte Vidal.

»Kennen Sie ihn?«

»Als ob ich ihn selbst gemacht hätte. Wer hat noch nichts vom Major gehört? Naja… Ich will nicht länger mit Ihnen über meinen verehrten Chef sprechen, weil ich es verabscheue, schlecht über die Leute zu reden. Soll ich Sie für heute nachmittag bei ihm anmelden? Um drei Uhr? Um diese Zeit ist er noch da.«

»Einverstanden!« sagte Antioche. »Ich bleibe im Viertel. Aber bevor ich zu ihm gehe, komme ich erst wieder zu Ihnen. Auf Wiedersehen, alter Junge und besten Dank!«

»Auf Wiedersehen!« sagte Vidal und stand von neuem auf, um ihm die Hand zu drücken.

Antioche ging hinaus und stolperte über einen fünf- bis sechsjährigen Knaben, der durch den Flur galoppierte wie ein Wildesel durch die kanadische Pampa.

Es war ein junger Spion, den Levadoux angeheuert hatte, um Miqueut Tag und Nacht zu überwachen, damit er wußte, in welchen Augenblicken es möglich war, heimlich wegzugehen, um einen zu heben oder sich in zweifelhaften Lokalen

[74]

herumzutreiben. Tagsüber versteckte ihn Levadoux in seinem Büro.

René Vidal brachte, als er erneut vor seinem Tisch saß, den Haufen Papierkram wieder ans Tageslicht, den er in die linke Schublade gestopft hatte.

Fünf Minuten später hörte er einen Karnickelschritt im Flur, und Miqueuts Tür schlug zu. Er war zurückgekommen.

6

Vidal öffnete die Verbindungstür einen Spalt und sagte zu seinem Chef:

»Monsieur, ich habe vorhin Besuch empfangen, der für Sie bestimmt war.«

»In welcher Angelegenheit?« fragte der Hauptunteringenieur.

»Dieser Monsieur ... Tambrétambre, glaube ich, möchte eine Verabredung mit Ihnen treffen. Ich habe ihm heute nachmittag drei Uhr vorgeschlagen. Sie hatten mir gesagt, Sie seien frei.«

»In der Tat ...«, sagte Miqueut. »Sie haben recht gehabt, aber ... im Grundprinzip, nicht wahr, muß ich Sie daran erinnern, mich immer vorher zu fragen, bevor Sie eine Verabredung für mich treffen. Sie wissen, daß ich einen vollen Terminkalender habe, und es hätte unter Umständen sein können, daß ich gar nicht frei bin; verstehen Sie, das würde nach außen einen sehr schlechten Eindruck machen. Wir müssen sehr vorsichtig sein. Na schön, diesmal heiße ich Ihr Verhalten letztendlich gut, aber an und für sich müssen Sie in Zukunft genau achtgeben.«

»Jawohl, Monsieur«, sagte Vidal.

»Haben Sie mir nichts anderes zu zeigen?«

»Ich habe die Untersuchung des Referenten Cassegraine über das Fell des Wauwaus in Form eines Nothons abgefaßt.«

»Ausgezeichnet. Das werden Sie mir zeigen. Nicht sofort, denn ich erwarte einen Besuch ... morgen zum Beispiel.«

Er öffnete seine Brieftasche und zog ein besonderes Kartei-
blatt heraus, auf das er den Tag, die Stunde und den Ort seiner Verabredungen eintrug.

»Morgen ...«, brummte er vor sich hin ... »Nein, morgens
gehe ich mit Léger ins Büro des Schlagzeilen machenden
Kautschuks und abends... Aber ich kann ja diesen Besucher
gar nicht empfangen... Sehen Sie, Vidal, ich sagte Ihnen ja,
daß Sie keine Verabredungen ausmachen sollen, ohne mich
vorher gefragt zu haben. Heute abend gehe ich ins Haus der
Kaugummihersteller wegen eines Vortrags von Professor
Viédaze. Ich kann ihn nicht empfangen... Der Kautschuk ist
im Augenblick stark in Bewegung.«

»Dann werde ich ihn anrufen«, sagte Vidal, der keineswegs
die Absicht hatte, das zu tun.

»Ja, aber sehen Sie, im Grundprinzip wäre es besser gewesen,
Sie hätten mich vorher gefragt. Verstehen Sie, damit hätten
wir einen Zeitverlust vermieden, der für die Funktionstüch-
tigkeit der Abteilung immer nachteilig ist...«

»Für welches Datum kann ich ihn herbestellen?« sagte Vidal.
Miqueut sah in seinen Karteizetteln nach. Eine gute Viertelstunde verging.

»Also gut!« sagte er, »am neunzehnten März zwischen drei
Uhr sieben und drei Uhr dreizehn... Und legen Sie ihm ans
Herz, daß er pünktlich ist.«

Es war der elfte Februar.

7 René Vidal ging mit Eifer daran, nicht anzurufen. Er
wußte Antioches Telefonnummer nicht, und seine Absicht zielte einzig und allein darauf hin, einer langweiligen
und lästigen Predigt Miqueuts über die Notwendigkeit von
Leuten, mit denen man in Verbindung steht, die für eine Kontaktaufnahme notwendigen Auskünfte zu verlangen, was
sich in gewissen Fällen als nützlich erweisen kann, aus dem
Weg zu gehen.

Miqueut machte einige Augenblicke darauf wieder die Tür auf.

»Mein Telefon scheint kaputt zu sein«, sagte er, »es ist zum Auswachsen. Schicken Sie mir bitte Levadoux.«

»Er hat gerade sein Büro verlassen, Monsieur«, antwortete Vidal (der ganz genau wußte, daß Levadoux schon vor über einer Stunde abgeschoben war). »Ich habe ihn gehört.«

»Dann sagen Sie ihm Bescheid, sobald er zurück ist und schicken Sie ihn zu mir ...«

»Geht in Ordnung, Monsieur«, sagte Vidal.

8 Während dieser Ereignisse ging der Major, mit einem Hahnentrittmusteranzug bekleidet und seinen flachsten Hut tragend, mit melancholischem Gesicht in den Alleen seines Parks auf und ab. Er wartete auf die Rückkehr Antioches, der die gute Nachricht bringen sollte.

Mit noch melancholischerem Gesicht folgte ihm der Mackintosh in drei Meter Entfernung und kaute dazu an einem Blatt Zigarettenpapier.

Plötzlich spitzte der Major die Ohren. Er erkannte das charakteristische Brummen von Antioches Kanibal-Super, das Motorrad, mit dem er immer unterwegs war: drei lange Noten, drei kurze Noten und eine Fermate in G-Dur.

Antioche fuhr mit Volldampf die Alleen hinauf und gelangte beim Major an.

»Sieg!« rief er. »Ich habe ...«

»Hast du Miqueut gesehen?« unterbrach ihn der Major.

»Nein ... Aber ich werde ihn heute nachmittag sehen.«

»Ach!« seufzte der Major bitter. »Wer weiß? ...«

»Du kotzt mich an«, sagte Antioche. »Ein solcher Schwarzseher ist mir noch nie untergekommen.«

»Sei gnädig«, flehte der Major. »Um wieviel Uhr siehst du ihn?«

»Um drei!« antwortete Antioche.

»Kann ich dich begleiten?«

»Nicht gefragt ...«

»Ruf an, bitte. Ich will mitkommen.«

»Gestern wolltest du nicht.«

»Was macht das schon? Das war gestern ...«, sagte der Major mit einem tiefen Seufzer.

»Ich werde anrufen ...«, pflichtete Antioche bei.

Antioche kam eine Viertelstunde danach zurück.

»Geht in Ordnung, du kannst mitkommen!« sagte er.

»Ich mache mich fertig!« rief der Major und machte im Übermaß seiner Freude einen Sprung.

»Nicht nötig ... Es ist erst für den neunzehnten März ...«

»Scheiße!« schloß der Major. »Die stinken mir.«

Gleich darauf bereute er seine ungeschliffene Ausdrucksweise.

»Dann«, sagte er mit einem rührenden Seufzer, »werde ich Zizanie also nicht vor mehr als einem Monat sehen ...«

»Warum?« fragte Antioche.

»Versprochen, sie nicht mehr wiederzusehen, bevor ich bei ihrem Onkel um ihre Hand angehalten habe ...«, erklärte der Major.

»Ein blödes Versprechen!« kommentierte Antioche.

Der Mackintosh, der allem Anschein nach der gleichen Meinung war, schüttelte mit angewidertem Gesicht den Kopf und deutete ein verächtliches »Psssh!« an.

»Was mir am Treponema frißt«, sagte der Major noch, »ist die Tatsache, daß ich nicht weiß, was dieser gräßliche und halsstarrige Schuft von Fromental macht.«

»Das kann dir doch egal sein«, meinte Antioche, »da sie dich liebt.«

»Ich bin beunruhigt und verstört ...«, sagte der Major. »Ich habe Angst ...«

»Du läßt nach!« sagte Antioche, der sich an die notorische Sorglosigkeit erinnerte, die sein Freund in der gefährlichen

Episode von der Verfolgung des Eumel an den Tag gelegt hatte.

Und die Zeit verging ...

9 Am sechzehnten März rief Miqueut Vidal in sein Büro. »Vidal«, sagte er zu ihm, »Sie hatten doch, glaube ich, diesen Monsieur ... Tambrétambre, glaube ich, empfangen, nicht wahr? Sicherlich haben Sie, wie ich Ihnen das immer empfohlen habe, den Grund seines Besuches vermerkt. Machen Sie mir eine kleine Notiz darüber ... wobei Sie die wesentlichen Punkte, auf die zu achten ist, zusammenfassen und die zu gebenden Antworten, nicht wahr, gegenüberstellen ... verstehen Sie, etwas an und für sich Kurzes, aber doch ausführlich genug ...«

»Geht in Ordnung, Monsieur«, sagte Vidal.

»Es ist von größtem Nutzen, verstehen Sie«, fuhr Miqueut fort, »alle Telefongespräche und alle Berichte über Besuche, die zu empfangen Sie veranlaßt sein können, regelmäßig aufzuschreiben, mit einer kurzen Zusammenfassung der Hauptpunkte, die diskutiert worden sind, verstehen Sie? Man erkennt auf diese Weise alle Vorteile, die sich daraus ziehen lassen.«

»Ja, Monsieur«, sagte Vidal.

»So ist es im Grundprinzip äußerst nützlich, alles aufzuschreiben und nach einem solchen Besuch die interessanten Gedanken, die Sie im Verlaufe des Gesprächs möglicherweise zusammentragen, festzuhalten und sich so eine kleine, persönliche Akte anzulegen, von der Sie mir selbstverständlich eine Kopie geben werden, so daß ich über alles, was in der Abteilung vorgeht, Bescheid weiß, für den Fall, daß ich einmal nicht da bin, und an und für sich ... äh ... ist das sehr nützlich.«

»Abgesehen davon, wieweit sind Sie mit Ihrer Arbeit?« fuhr Miqueut fort.

»Ich habe etwa fünfzehn Nothon-Projekte vorbereitet, die ich Ihnen vorlegen werde, sobald Sie eine Minute Zeit haben ...«, sagte Vidal. »Ich habe auch einige nicht sehr dringende Briefe.«

»Ach ja! Schön, wenn Sie wollen, werden wir heute nachmittag länger darüber reden.«

»Sie werden mich rufen, Monsieur«, legte Vidal ihm nahe.

»Ganz richtig, mein braver Vidal. Ach ja, hier, nehmen Sie diese Zeitungen und bringen Sie sie in Umlauf ... und schicken Sie mir Levadoux.«

Dieser, von seinem Spion über die Anwesenheit Miqueuts in seinem Sektor in Kenntnis gesetzt, lief in diesem Augenblick die Treppe hinauf und kam genau in der Sekunde an seinem Posten an, in der Vidal die Tür aufmachte.

Miqueut empfing ihn überschwenglich, doch in diesem Augenblick schickte ihn ein Anruf eilends in den dritten Stock, denn Hauptingenieur Touchebœuf brauchte einen vierten Mann für das vereinheitlichte Kartenspiel (nach den Regeln des Bridge), das jeden Morgen im Büro des Generaldirektors gespielt wurde und bei dem der Einsatz eine Reihe von Nothon-Projekten war, deren Zuschreibung man sich gegenseitig streitig machte.

Levadoux ging mit wütendem Gesicht wieder in sein Büro zurück. Vidal fing ihn unterwegs ab.

»Wo fehlts denn, alter Junge?« fragte er ihn.

»Er geht mir auf die Nerven!« antwortete Levadoux. »Wenn ich schon mal da bin, muß er doch genau in dem Augenblick Leine ziehen, in dem wir anfangen wollten.«

»Er ist wirklich eine Nervensäge!« pflichtete Emmanuel bei, der zufällig hereinkam, da er gehört hatte, daß Miqueut wegging.

»Ja, er geht uns auf die Nerven«, schloß Victor energisch, dessen Lippen, trotz dieser Energie, kein unanständigeres Wort hätten ausstoßen können. »Aber im Grunde ist es sehr angenehm, wenn einem jemand auf die Nerven geht. Es ist bei weitem nicht so ermüdend, als wenn man sich ganz allein auf die Nerven geht.«

»Sie sind ein gemeiner Kapitalist!« sagte Vidal. »Aber warten Sie nur, Sie kommen auch noch an die Reihe.«

René Vidal und Victor Léger hatten die gleiche Schule absolviert und nutzten das häufig aus, um kleine, liebenswürdige Wörter auszutauschen.

Sie trennten sich, denn Sekretärinnen betraten Miqueuts Büro, um Akten abzulegen und einzuordnen, und man mußte sich vorsichtshalber vor Klatschereien in acht nehmen.

Levadoux sah auf seinem Block nach, stellte fest, daß Miqueut aller Wahrscheinlichkeit nach nicht vor einer Stunde zurückkommen würde und schob ab.

Fünf Minuten danach machte sein Chef, der wegen einer unvermuteten Unterbrechung des Kartenspiels wie ein Wirbelwind zurückgekommen war, Vidals Tür einen Spalt weit auf.

»Ist Levadoux nicht da?« fragte er mit einem Gebärmutterlächeln.

»Er hat gerade sein Büro verlassen, Monsieur. Ich glaube, er ist in die Rue du Trente-neuf-Juillet gegangen.«

Das war eine Filiale der C.N.U.

»Das ist dumm!« sagte Miqueut.

Absolut gesehen war es um so dümmer, als es völlig falsch war.

»Schicken Sie ihn zu mir, sobald er da ist«, schloß Miqueut.

»Geht in Ordnung, Monsieur«, sagte Vidal.

10 Der neunzehnte März fiel wie zufällig auf einen Montag.

Um Viertel vor neun versammelte Miqueut seine sechs Stellvertreter zur wöchentlichen Ratssitzung um sich.

Als sie, einen aufmerksamen Halbkreis bildend, alle saßen, wobei jeder in der rechten Hand einen Bleistift oder einen

Dauerschreiber und auf dem linken Knie ein unbeschriebenes Blatt hielt, das dazu bestimmt war, schriftlich die Frucht der fruchtbaren geistigen Arbeit Miqueuts zu speichern, kratzte dieser tief hinten in seinem Schlund, um sich zu räuspern und begann mit diesen Worten:

»Nun! Äh... Ich möchte heute über etwas sehr Wichtiges mit Ihnen reden ... über das Problem des Telefons. Sie wissen, daß uns nur wenige Leitungen zur Verfügung stehen ... selbstverständlich, wenn sich die C.N.U. einmal vergrößert hat, wenn wir bekannt genug sind und einen Platz einnehmen, der unserer Bedeutung entspricht, zum Beispiel ein Arrondissement von Paris, was übrigens auch vorgesehen ist, wenn unsere Finanzen besser sind ... was, wie ich hoffe, eines Tages auch geschehen wird ... äh ... auf Grund ... und letztendlich in Anbetracht des Nutzens unserer Aktion ... nicht wahr, empfehle ich Ihnen im Grundprinzip, das Telefon nur mit größter Zurückhaltung zu benutzen, und ganz besonders bei Ihren persönlichen Telefongesprächen ... Wohlgemerkt, ich sage Ihnen das an und für sich ganz allgemein ... In unserer Abteilung wird nicht übertrieben, aber man hat mir den Fall eines Ingenieurs genannt, in einer anderen Abteilung, der innerhalb eines Jahres zwei persönliche Telefongespräche empfangen hat, ... nun, das ist im Grundprinzip übertrieben. Telefonieren Sie nur, wenn es unbedingt notwendig ist und so kurz wie möglich. Verstehen Sie, wenn man von außerhalb bei uns anruft, insbesondere die offiziellen Dienststellen, und vor allem die, deren Gunst zu gewinnen wünschenswert ist, und dann letztendlich keine Leitung frei ist, nun, das macht einen schlechten Eindruck ... und ganz besonders dann, wenn es sich um Kommissar Requin handelt. Daher wollte ich Ihre Aufmerksamkeit darauf lenken, daß, nun ja ... es augenblicklich in unserem Interesse ist, das Telefon nicht zu mißbrauchen, außer selbstverständlich in dringenden Fällen und in solchen, wo es unbedingt benutzt werden muß ... Ansonsten wissen Sie sicherlich, daß, wenn ein Telefongespräch auch billiger ist als ein gewöhnlicher Brief, es jedoch teurer wird, sobald es eine gewisse Dauer überschreitet, und daß so letztendlich ein Telefonanruf am Ende im Budget der C.N.U. zählt.«

»Man könnte«, schlug Adolphe Troude vor, »Rohrpostbriefe benutzen, um die Leitungen zu entlasten ...«

»Schlagen Sie sich das schnell aus dem Kopf«, protestierte Miqueut, »ein Rohrpostbrief kostet drei Francs; nein, sehen Sie, das ist unmöglich. Was wir im Grundprinzip letztendlich tun müssen, daran möchte ich Sie noch einmal erinnern, ist genau achtgeben.«

»Außerdem«, ließ Troude nicht locker, »funktionieren die Telefone sehr schlecht, und es ist lästig, keine zur Hand zu haben, wenn sie kaputt sind. Manche müßten ausgewechselt oder zumindest in Ordnung gebracht werden.«

»Im Grundprinzip«, sagte Miqueut, »gebe ich Ihnen nicht unrecht, aber haben Sie sich schon einmal überlegt, was das für Kosten verursachen würde in Anbetracht, nicht wahr ... an und für sich ist es das Einfachste, sehen Sie, zum einen die Zeit und zum andern die Häufigkeit der Telefongespräche so weit wie möglich einzuschränken ... so daß letztendlich alle klarkommen.«

»Noch andere Einwände«, fuhr er fort, »die zum gleichen Problemkreis gehören?«

»Es gibt da«, sagte Emmanuel, »das Problem der Sekretärinnen ...«

»Ach ja!« sagte Miqueut, »ich wollte gerade darauf zu sprechen kommen.«

Das Telefon klingelte. Er hob ab.

»Hallo?« sagte er, »Ja, ich bins. Ach, Sie sinds, Herr Präsident ... Schönen guten Tag, Herr Präsident.«

Mit einer Gebärde forderte er Geduld von seinen Stellvertretern.

Der andere am andern Ende der Leitung vokalisierte so laut, daß man im Flug einen Gesprächsfetzen erhaschen konnte:

»Mühe gehabt, Sie zu erreichen...«

»Ach, Herr Präsident!« rief Miqueut, »wem sagen Sie das! Sehen Sie, die augenblickliche Anzahl unserer Leitungen ist völlig unzureichend für unsere Bedeutung...«

Er hielt inne, um zuzuhören.

»Genau, Herr Präsident«, fuhr er fort, »das kommt daher, daß die C.N.U. ein Organismus ist, der viel zu schnell gewachsen ist und dessen äußere Entwicklung, wenn ich mal so sagen darf, damit nicht Schritt gehalten hat... Wir sind mitten in einer Wachstumskrise... Hin! Hin!«

Er begann zu glucksen wie eine hermaphroditische Henne, die drei Tintenfischknochen gegen einen Korb Datteln eingetauscht hat.

»Hin! Hin! Hin!« machte er noch einmal bei einer neuen Bemerkung seines Gesprächspartners. »Sie haben vollkommen recht, Herr Präsident.«

»... Ich höre, Herr Präsident.«

Darauf begann er in regelmäßigen Abständen verständnisvolle »Jaaa, Herr Präsident« auszustoßen, wobei er jedesmal, wahrscheinlich aus Ehrerbietung, leicht den Kopf neigte und sich mit der linken Hand an der Innenfläche der Schenkel kratzte.

Nach einer Stunde und sieben Minuten gab er seinen Stellvertretern ein Zeichen, daß sie gehen sollten, wobei er damit rechnete, die Sitzung später fortzusetzen. Troude fuhr unter dem Stoß Emmanuels aus dem Schlaf hoch, und Miqueut blieb allein mit seinem Telefon in der Hand. Von Zeit zu Zeit fuhr er mit der Linken in seine Schublade, um ein Kotelett, einen Zwieback, eine Scheibe Wurst und verschiedene andere Ingredienzien daraus zu entnehmen, auf denen er herumkaute, während er zuhörte.

11 Am Nachmittag des gleichen Tages stieg Antioche Tambrétambre um fünf Minuten vor drei von seiner Kanibal und betrat das Konsortium. Vom sechsten aus hörte René Vidal das dumpfe Geräusch des Fahrstuhlmotors, der das ganze Gebäude erzittern ließ. Er bereitete sich darauf vor, aufzustehen und den Besucher in Empfang zu nehmen.

Am Ende seiner Fahrt angelangt, bog Antioche in den engen Flur ein, an dem die Büros im sechsten Stock lagen und blieb vor der zweiten Tür links stehen, die die Nummer 19 trug. Es gab zwar nur elf Räume auf dem Stockwerk, aber die Numerierung begann erst bei neun, ohne daß jemals jemand verstanden hat warum.

Er klopfte an, trat ein und drückte Vidal, zu dem er sich durch eine unwiderstehliche Sympathie hingezogen fühlte, herzlich die Hand.

»Guten Tag!« sagte Vidal, »wie gehts?«

»Nicht schlecht, danke«, antwortete Antioche. »Kann man den Hauptunteringenieur Miqueut sehen?«

»Sollte der Major Sie nicht begleiten?«

»Ja, aber im letzten Augenblick hat er einen Rückzieher gemacht.«

»Daran hat er auch gut getan«, sagte Vidal.

»Warum?«

»Weil Miqueut seit neun Uhr zweiundzwanzig heute Morgen am Telefonieren ist.«

»Donnerwetter!« sagte Antioche bewundernd. »Aber er wird doch bald fertig sein?«

»Das werden wir sehen!« sagte Vidal.

Er begab sich zu der Tür, die in das Büro von Victor und Levadoux führte.

Victor, der ganz allein war, schrieb.

»Ist Levadoux nicht da?« fragte Vidal.

»Er ist gerade aus seinem Büro gegangen«, sagte Léger. »Ich weiß nicht, wo er ist.«

[85]

»Verstanden!« sagte Vidal. »Sie brauchen bei mir nicht so zu tun als ob.«

Er ging wieder zu Antioche zurück.

»Levadoux ist nicht da, es besteht also eine schwache Chance, daß Miqueut aufhört zu telefonieren und nach ihm verlangt, aber das ist natürlich äußerst unsicher. Ich will Ihnen das nicht verhehlen.«

»Ich warte eine Viertelstunde«, sagte Antioche, »und dann gehe ich.«

»Wer drängt Sie?« fragte Vidal. »Bleiben Sie bei uns.«

»Ich muß«, sagte Antioche, »unbedingt zu meinem Zahnarzt, bei dem ich einen Termin habe.«

»Er mag hübsche Krawatten...«, bemerkte Vidal unschuldig und schielte beifällig nach Antioches Hals.

Sie war aus himmelblauem Wollstoff mit kleinen schwarzroten Dessins.

»Sie sagen es!« pflichtete Antioche bei und wurde kaum rot.

Sie plauderten noch einige Minuten miteinander, und Antioche ging weg.

Miqueut telefonierte immer noch.

12 Antioche kam ein weiteres Mal am folgenden Montag so gegen halb elf.

»Guten Tag, alter Junge!« rief er, als er das Büro René Vidals betrat. »Oh, entschuldigen Sie bitte, ich störe wohl...«

Vidal thronte auf seinem Schreibtisch, umgeben von den fünf anderen Stellvertretern.

»Kommen Sie nur herein! Es fehlt uns gerade noch einer«, sagte er.

»Ich verstehe nicht...«, sagte Antioche ... »Telefoniert Miqueut immer noch?«

»Ganz genau!« gluckste Léger.

»Und deshalb«, schloß Adolphe Troude an, »halten wir unsere wöchentliche Ratssitzung ab.«

Levadoux, der die Wieder-Verkörperung Miqueuts zu sein schien, ergriff das Wort.

»Ich möchte ... äh ... heute mit Ihnen über ein Problem sprechen, das mir wichtig genug erschien, um es zum Thema eines unserer kleinen wöchentlichen Gespräche zu machen ... es ist das Problem des Telefons.«

»Oh nein, das hängt mir zum Hals heraus!« sagte Troude. »Ich habe die Nase voll.«

»Gut!« sagte Vidal, »dann verlieren wir keine Zeit und gehen wir geradewegs auf unser Ziel zu: Gehen Sie mit einen heben?«

»Keine Lust runterzugehen ...«, sagte Emmanuel.

»Dann langweilen wir uns eben weiter«, sagte Léger.

»Nein, was würden Sie«, schlug Vidal vor, »zu einem literarischen Wettbewerb sagen? Schnellfabeln zum Beispiel.«

»Also gut, schießen Sie los ...«, meinte Troude.

»Ein Mensch nur, der dir fehlt, und schon ist alles leer ...«, deklamierte Vidal.

»Das ist nicht von Ihnen!« behauptete Léger.

»Moral?« fuhr Vidal fort ...

Es folgte eine Stille.

»Konzentrisch! ...« säuselte er einfach.

Victor wurde rot und kratzte sich am Schnurrbart.

»Haben Sie noch andere auf Lager?« fragte Pigeon.

»Wir werden es schon herausfinden!« sagte Vidal.

»Ein Pferd, das schlecht beschlagen, mit Eisen voller Makel, schlägt Löcher in den Weg, auf dem es galoppiert.

Moral:

Wie das Eisen, so der Weg.«

»Einstimmig angenommen!« sagte Pigeon und faßte in diesen zwei Wörtern die ganze Zustimmung der Versammelten zusammen.

»Aber trotzdem«, fuhr er nach einer Stille fort, die fünf Minuten später unterbrochen wurde, »es ist einfach irre, wie wir uns hier langweilen ... stimmts nicht, Levadoux?«

Er drehte sich nach diesem letzteren um und stellte fest, daß der abgeschoben war.

13 Am neunzehnten Juni um sechzehn Uhr, auf den Tag genau drei Monate nach diesem Besuch Antioches, legte Miqueut den Hörer auf.

Er war zufrieden, er hatte gute Arbeit geleistet und es war ihm gelungen, zwei die Camembert-Prallheiten betreffende Rundschreibenprojekte für die Union Française der Hebewerksenthärter auszuarbeiten.

In der Zwischenzeit waren Krieg und Okkupation zu Ende gegangen, worüber er sich jedoch noch keine Gedanken machen konnte, da er es nicht wußte. In der Tat hatte der Angreifer das Telefonnetz von Paris intakt gelassen.

Auch der Sitz der C.N.U. war noch intakt.

Die Mitarbeiter, Kollegen und Chefs von Miqueut hatten sich in die Provinz zurückgezogen, ohne sich um ihn zu kümmern, denn man wußte, daß er gern als letzter ging, und seit zwei Tagen kamen sie einer nach dem andern wieder zurück. So daß Miqueut überhaupt nichts von ihrer vorübergehenden Abwesenheit gemerkt hatte.

Doch es war Zeit, daß der Krieg zu Ende ging oder daß zumindest die offiziellen Feindseligkeiten eingestellt wurden, denn während dieser drei Monate hatte er die Vorräte aufgebraucht, die sich in seiner Schublade auftürmten und die er, wie es seine Gewohnheit war, mechanisch knabberte.

Als einziger von allen war nur René Vidal noch nicht zurück, als Miqueut um sechzehn Uhr fünfzehn die Verbindungstür zwischen ihren beiden Büros einen Spalt öffnete. Er stieg in diesem Augenblick mühselig die Treppe hoch, denn er kam zu Fuß aus Angoulême und fing an zu schnaufen.

Er kam genau in dem Augenblick herein, in dem Miqueut, nachdem er einen Blick in die Runde geworfen hatte, die Tür wieder schließen wollte.

»Guten Tag, Monsieur«, sagte Vidal höflich. »Gehts Ihnen gut?«

»Sehr gut, Vidal, danke«, sagte Miqueut, wobei er mit der Diskretion eines Gorillas auf seine Uhr schaute. »Hat Ihre Metro Verspätung gehabt?«

Vidal begriff blitzartig, daß Miqueuts Telefongespräch sehr viel länger gedauert hatte als vorgesehen. Er ging zum Gegenangriff über:

»Es stand eine Kuh auf den Gleisen«, erklärte er.

»Diese Metroangestellten sind wirklich merkwürdig!« sagte Miqueut voller Überzeugung. »Sie könnten auf ihr Vieh aufpassen. Trotzdem erklärt das nicht Ihre Verspätung ... Es ist sechzehn Uhr zwanzig, und Sie sollten seit dreizehn Uhr dreißig da sein. Eine einzige Kuh, ich bitte Sie!«

»Die Kuh wollte einfach nicht weggehen«, behauptete Vidal. »Diese Tiere sind sehr eigensinnig.«

»Ah!« sagte Miqueut, »das, das stimmt. Die zu vereinheitlichen wird uns einige Mühe kosten.«

»Die Metro war gezwungen, um sie herumzufahren«, schloß Vidal, »und das braucht Zeit.«

»Ich verstehe!« sagte Miqueut, »und in diesem Zusammenhang scheint mir, daß man ein Gleissystem vereinheitlichen könnte, durch das diese Art von Unfällen zu vermeiden wäre. Machen Sie mir doch darüber eine kleine Notiz ...«

»Geht in Ordnung, Monsieur.«

Und da er den Grund vergessen hatte, weshalb er hereingekommen war, kehrte Miqueut in seinen Stall zurück.

Fünf Minuten danach machte er die Tür wieder auf.

»Wohlgemerkt, Vidal, wenn ich Sie darauf hingewiesen habe, wie wichtig es ist, pünktlich zu kommen, so ist das nicht so sehr wegen ... Sie verstehen ... als wegen der Disziplin. Man muß sich einer Disziplin beugen, und gegenüber den kleinen

Angestellten müssen wir uns streng an den genauen Stundenplan halten; sehen Sie, wir müssen letztendlich genau darauf achten, pünktlich zu sein, vor allem im Augenblick, bei allen diesen Kriegsgerüchten, und wir, die wir ganz besonders dazu bestimmt sind, Chefs zu sein, wir müssen letztendlich mehr als die andern ein Beispiel geben …«

»Ja, Monsieur«, sagte Vidal mit einem Schluchzer in der Stimme, »ich werde es auch bestimmt nie wieder tun.«

Er fragte sich, wer die »andern« waren und auch, was Miqueut sagen würde, wenn er vom Waffenstillstand erführe. Dann machte er sich wieder an die Aufstellung eines Nothon-Projekts für die städtischen Straßenkehrer mit Schnurrbart, das er aufgegeben hatte, als er aufbrach, um in den Konditoreien Angoulêmes Krieg zu führen. (Er war zu jung und zu unverdorben, um ihn in den Kneipen zu führen wie die höheren Chargen.)

Bei dieser Arbeit achtete er sorgfältig darauf, daß er mitten auf jeder Seite einen groben Schnitzer zum Verbessern machte, den Miqueut wahrscheinlich schon im Verlaufe der ersten Stunde der eingehenden Prüfung, die er dem Projekt angedeihen ließe, entdecken würde, was für ihn wiederum ein Vorwand wäre für angenehme Abschweifungen über die Aneignung der Wörter der französischen Sprache an den Gedanken, den man in einem Satz auszudrücken wünscht und die daraus zu ziehenden Folgerungen, insbesondere was die Entwicklung eines Nothon-Projekts betrifft.

14 Eine Woche verging und im Konsortium nahm das normale Leben allmählich wieder seinen Lauf. Schlag auf Schlag ließ der Hauptunteringenieur Miqueut neun neue Klingeln hinter seinem Sessel an der Wand anbringen, um dank einer einfallsreichen Kombination von Klangfarben und Häufigkeit der Klingelzeichen alle Stenotypistinnen des Stockwerks herbeirufen zu können. Dieses wunderbare System bereitete ihm unendliche innere Freuden.

Er erfuhr während dieser Zeit auch von den außerordentlichen Ereignissen, die während seines Telefongesprächs eingetreten waren: Krieg, Niederlage, strenge Rationierung, ohne daß er dabei andere Sorgen zum Ausdruck brachte, als die, rückblickende, seine Akten den furchtbaren Gefahren der Plünderung, der Verwüstung, der Feuersbrunst, der Zerstörung, des Diebstahls, der Vergewaltigung und des Massakers ausgesetzt gesehen zu haben. Er versteckte schnell eine Stopfenpistole im Knauf seiner Küchentür und fand sich von da an würdig, alle nasenlang seine Meinung als Patriot abzugeben.

Doch obgleich Miqueut Freßpakete vom Lande bekam, lief für die andern nicht alles zum besten. Das Leben war außergewöhnlich teuer geworden, und die Stenotypistinnen der Stellvertreter Miqueuts, die bei vorsichtiger Schätzung zwölfhundert Francs monatlich verdienten und von Tag zu Tag magerer wurden, verlangten Gehaltserhöhungen.

Miqueut rief sie eine nach der andern in sein Büro, um sie ein bißchen abzukanzeln.

»Hören Sie mal«, sagte er zu der ersten, »es hat den Anschein, daß Sie sich darüber beklagen, nicht genug zu verdienen? Aber lassen Sie sich gesagt sein, daß die C.N.U. gar nicht die Mittel hat, Ihnen mehr zu bezahlen.«

(Die C.N.U. bekam seit kurzem eine Subvention von den Desorghanisations-Khomités, die sich auf mehrere Millionen belief.)

»Und lassen Sie sich auch gesagt sein«, fuhr der Hauptunteringenieur fort, »daß Sie im Verhältnis mehr verdienen als ich.«

(Das war sicher, wenn man die Anzahl der Überstunden in Betracht zog, die er damit zubrachte, sich in seinem Papierkram zu suhlen und die Fliegen wegen, sagen wir anfechtbarer ... Auslegungspunkte zu inthronisieren.)

»Übrigens brauchen Sie ja nur zu heiraten!« fuhr Miqueut fort, wenn sich herausstellte, daß seine Gesprächspartnerin noch Jungfrau war. »Dann werden Sie sehen, daß Sie genug verdienen.«

(Er jedenfalls sparte, seit er verheiratet war, eine schöne Stange Geld: kostenloses Stopfen der Socken, anständiger Fraß zu Hause ohne Zugehfrau, die, eine gute Ausrede, so schwer zu finden ist. Die durch den Krieg verursachte Verknappung würde es ihm erlauben, seine Schuhe bis zur Brandsohle durchzulaufen und schmutzig zu bleiben, ohne sich der Gefahr auszusetzen, der Knauserei bezichtigt zu werden. Mit einem Wort, Miqueut vernachlässigte sich und erwies sich als immer weniger vorzeigbar. Er sparte, um sich eine Nothon-Dose aus galvanisiertem Silber zu kaufen.)

Nachdem er der Sekretärin so ihre Befangenheit genommen hatte, warf er ihr innerhalb weniger Minuten alle Schnitzer oder Fehler an den Kopf, die sie seit ihrem Dienstantritt im Konsortium möglicherweise begangen haben mochte. Alles wurde sorgfältig kommentiert; danach warf er die in Tränen aufgelöste Patientin hinaus und ging zur nächsten über.

Nachdem er die ganze Abteilung hinausbefördert und zwei von zwölf das Versprechen einer massiven Gehaltserhöhung von mindestens zweihundert Francs gegeben hatte, machte es sich Miqueut zufrieden in seinem Sessel bequem und schickte sich an, eine umfangreiche Akte durchzusehen, während er darauf wartete, daß sein alter Feind Touchebœuf ihn zum vereinheitlichten Kartenspiel beim Generaldirektor rufen ließ.

15 Der Krieg, Miqueut sollte es auf seine Kosten merken, hatte viele Dinge umgekrempelt und völlig durcheinander gebracht. Die Stenotypistinnen, von den Desorghanisations-Khomités für viel Geld abgeworben, wurden auf dem Markt immer seltener und verkauften sich nur noch dem Meistbietenden, wie es jede Ware tun soll, die sich ihres Wertes bewußt ist. Diese Schönen der Tastatur trugen den Kopf wieder hoch, stolz auf ihre Unentbehrlichkeit; so kündigten am Tag nach der Auseinandersetzung mit Miqueut elf von zwölf der Getadelten gleichzeitig.

Miqueut schimpfte auf das undankbare Verhalten seiner Untergebenen und rief umgehend den Personalchef an, eine schlecht rasierte, leicht ergraute Persönlichkeit namens Cercueil, dessen Sonderstellung – er war gleichzeitig Sekretär des Generaldirektors – den Umgang mit ihm schwierig machte.

»Hallo?« sagte Miqueut. »Hier Miqueut. Bin ich mit Monsieur Cercueil verbunden?«

»Guten Tag, Monsieur Miqueut«, sagte Monsieur Cercueil.

»Ich bräuchte dringend elf Sekretärinnen! Die meisten sind alle weggegangen, außer Madame Lougre. Sie hatten sicherlich keine gute Wahl mit ihnen getroffen.«

»Wissen Sie nicht, warum sie weggegangen sind?«

»Sie verstanden sich nicht gut mit meinen Stellvertretern und stritten ständig miteinander«, log Miqueut schamlos.

Cercueil, der die Sache gleich durchschaute, stieß einen Seufzer aus wie ein Ozeanriese, der sich von den Tauen losreißt.

»Wir werden versuchen, andere für Sie zu finden…«, sagte er. »Ich werde Ihnen vorübergehend ein paar junge Mädchen schicken, die gerade in unsere Filialabteilungen eingestellt worden sind.«

Cercueil trug dafür Sorge, daß er Miqueut die schlechtesten Stenotypistinnen gab, denn er legte keinen Wert darauf, daß die guten alle gingen. Außerdem warnte er die Neuankömmlinge:

»Ich werde Sie jetzt in eine sehr interessante aber… ziemlich schwierige Abteilung stecken, und zwar in die Abteilung von Monsieur Miqueut. Sollte es Ihnen dort jedoch nicht gefallen, nicht wahr, so ist das selbstverständlich kein Grund, das Konsortium zu verlassen, kommen Sie lieber zu mir, ich werde Sie in eine andere Abteilung versetzen.«

Es nützte nichts. Miqueut hätte einen Bock abgestoßen. Er hatte früher innerhalb von zwei Monaten siebenunddreißig Sekretärinnen vergrault, und ohne den von der Vorsehung geschickten Telefonanruf des Präsidenten, der ihn ein wenig neutralisiert hatte, wäre die Anzahl noch weitaus höher gewesen.

Die Stellvertreter versammelten sich im Büro René Vidals.

»Na«, sagte dieser, »haben wir Ferien?«

»Wieso?« fragte Léger.

»Wir haben keine Stenotypistinnen mehr«, erklärte ihm Emmanuel.

»Nun ja!« sagte Léger, »das hindert uns nicht am Arbeiten.«

»Es hindert uns an gar nichts, nicht einmal daran, Blödsinn zu verzapfen, wie ich sehe«, kommentierte Vidal liebenswürdigerweise.

»Dann können wir uns ja gleich verdrücken«, sagte Levadoux.

»Trotzdem«, sagte Emmanuel, »es ist einfach irre, wie man sich hier langweilt.«

»Was solls«, sagte Vidal, »im Grunde würden wir uns anderswo genauso langweilen, und dort würden wir vielleicht eine weniger ruhige Kugel schieben. Das einzige Unangenehme hier ist Miqueut.«

»Das stimmt«, riefen die drei andern im Chor. Léger machte ein g, Emmanuel ein e und Levadoux ein Cis. Marion schlief in seinem Büro, und Adolphe Troude war beim Papier-Komité. Das Haustelefon unterbrach die Harmonie.

»Hallo!« sagte Vidal. »Guten Tag, Mademoiselle Alliage… Ja, schicken Sie ihn herauf.«

»Jungens«, sagte er und wandte sich nach seinen Kollegen um, »Sie müssen mich entschuldigen, ich habe Besuch.«

Es war Antioche Tambrétambre. Und fünf Minuten zuvor war Miqueut zum Kartenspiel hinuntergegangen.

[94]

16

Als Antioche Vidals Büro betrat, empfand er bei dem Gedanken, endlich Miqueut zu sehen, eine heftige Gemütsbewegung. Während des gerade zu Ende gegangenen Krieges hatte er an der Seite des Majors gekämpft. Sie hatten ganz allein acht Tage lang eine Kneipe auf der Straße nach Orléans verteidigt. Im Keller verbarrikadiert, bewaffnet mit zwei Gras-Gewehren und fünf Patronen, von denen nicht eine einzige hineinpaßte, hatten sie ihre Stellung dank eines Ausbunds an Mut gehalten und nicht ein Feind war bis zu ihnen vorgedrungen. Während dieser acht Tage tranken sie alle Vorräte der Kneipe und aßen kein einziges Gramm Brot. Sie ergaben sich um keinen Preis. Übrigens wagte niemand sie anzugreifen, was ihnen den Sieg erleichterte, doch ihre Leistung war deshalb nicht weniger aufsehenerregend und hatte ihnen das Kriegskreuz mit Palmen eingetragen, das sie stolz um die Schulter trugen, wobei sie sich mit den Palmen Luft zufächelten.

Antioche und Vidal drückten sich herzlich die Hand und waren glücklich, daß sie sich nach diesen furchtbaren Ereignissen wiedersahen.

»Gehts dir gut?« sagte Vidal.

»Und dir?« antwortete Antioche.

Einmütig duzten sie sich.

»Ist Miqueut da?« fragte Antioche.

»Er ist beim Chef …«

»Hoffentlich spucken ihm die Kojoten ins Gesicht!« grölte Antioche wütend.

»Die verschwenden ihre Spucke sicherlich nicht für so was …«, meinte Vidal.

»Kannst du wieder einen Termin mit ihm ausmachen?« sagte Antioche.

»Gern«, sagte Vidal. »Wann?«

»Nächste Woche, wenn möglich … oder noch früher … aber ich wage gar nicht zu hoffen.«

»Wer weiß?« schloß René Vidal.

17 Emmanuel hatte die Giraffe an diesem Morgen so stark gekämmt, daß das arme Tier darüber gestorben war. Büschel seiner Haare lagen so ziemlich überall herum, und sein Kadaver, dessen Kopf man durchs Fenster geschoben hatte, damit man hin- und hergehen konnte, lag unter Adolphe Troudes Schreibtisch, der schon mit vier Tonnen verschiedenen in kleine Leinwandsäckchen abgepackten Dünger überladen war, denn dieses achtbare Individuum frönte in seinem Garten in Clamart dem Gemüseanbau.

Emmanuel tröstete sich, indem er eine Brotkruste verschlang und nachdem er sich an verschiedenen Stellen abgetastet hatte, beschloß er, an die Tür seines Chefs zu klopfen, der zufälligerweise da war.

»Herein«, sagte Miqueut.

»Darf ich eine Minute mit Ihnen reden?« sagte Emmanuel.

»Aber … selbstverständlich, Monsieur Pigeon … setzen Sie sich, ich kann Ihnen mindestens vier Minuten widmen …«

»Ich möchte Sie«, sagte Emmanuel und kam herein, »fragen, ob ich nicht die Erlaubnis bekommen könnte, meinen Urlaub drei Tage früher zu nehmen.«

»Sie sollten am fünften Juli wegfahren?« sagte Miqueut.

»Ja«, antwortete Emmanuel, »und ich möchte nun schon am zweiten wegfahren.«

Es war ein Gedanke, der ihm beim Anblick seiner toten Giraffe so gekommen war.

»Hören Sie, Monsieur Pigeon«, sagte Miqueut, »im Grundprinzip, nicht wahr, komme ich Ihren Wünschen natürlich mit dem größten Vergnügen entgegen …, aber diesmal fürchte ich, daß das, worum Sie mich bitten, ziemlich schwierig ist. Nicht etwa daß … verstehen Sie, ich möchte der letzte sein, der Sie daran hindert, Ihren Urlaub früher zu nehmen … aber jetzt, wo die Dienstanweisung ergangen ist, möchte ich gern Ihre Gründe wissen … damit ich feststellen kann, ob sie triftig sind … woran ich übrigens keineswegs zweifele, aber aus Prinzip, nicht wahr, ist es besser, wenn Sie es mir sagen.«

»Hören Sie, Monsieur«, sagte Emmanuel, »es sind ganz persönliche Gründe und es würde mir schwerfallen, Ihnen das ausführlich zu erklären. Ich habe Ihnen nie auch nur das geringste verheimlicht, aber meiner Meinung nach hat das überhaupt nichts mit der Arbeit zu tun, und es ist völlig unnötig, daß ich mich in Erklärungen verliere, die für Sie ohne jegliches Interesse sind.«

»Daran, mein braver Pigeon, zweifle ich natürlich nicht, aber, verstehen Sie, wir müssen gegenüber den Besatzungsbehörden sehr vorsichtig sein. Es muß ständig nachgeprüft werden können, daß das Personal auch wirklich da ist, und Sie wissen, daß eine Feststellung der Art, wie sie möglicherweise getroffen werden würde, wenn Sie zum Beispiel, wie Sie es verlangen, einige Tage vor dem normalen Datum wegführen, und zwar aus Gründen, die natürlich ... äh ... die ... äh, ausgezeichnet sind, die ich aber ... letztendlich, eben nicht kenne ... und die ... nun, Sie sehen die nachteiligen Folgen, wenn man sich nicht an eine strenge Disziplin hält. Und in dieser Hinsicht, nicht wahr, ist es wie mit der Präsenzzeit ... wohlgemerkt, das ist jetzt nicht auf Sie gemünzt, aber man muß im Leben eben diszipliniert sein und pünktlich kommen, das ist eine ganz wesentliche Bedingung, um von den kleinen Angestellten respektiert zu werden, die, wenn ... wann ... im Falle da ... wenn Sie also zufällig nicht in Ihrem Büro wären, immer die Neigung haben, es sich bequem zu machen, und so ist das im Grundprinzip, sehen Sie, mit Ihrem Urlaub ein wenig das gleiche, was natürlich wohlgemerkt letztendlich nicht heißen soll, daß ich nein sage, aber ich möchte Sie doch bitten, dieses Problem im Lichte dieser wenigen Betrachtungen gründlich zu überdenken und ansonsten, sind Sie mit Ihrer Arbeit auf dem neuesten Stand?«
Es entstand eine Stille.
Und dann sagte Emmanuel eine volle Stunde lang alles, was er auf dem Herzen hatte.
Er sagte, wie ihn das ankotze, immer offen und ehrlich zu

sein und immer nur auf Heuchler zu treffen, und daß es auf seiner vorigen Stelle schon das gleiche gewesen sei.

Er sagte, daß Eifer an den Tag zu legen, nicht seine Art sei und liebdienern auch nicht ...

Er sagte, daß er gewöhnt sei, zu sagen, was er denke und wenn Miqueut der Meinung sei, daß er nicht genug tue, dann solle er es eben sagen. Er fügte noch hinzu, daß er deshalb übrigens nicht mehr tun würde. Weil er nämlich schon tue, was er könne.

Er sagte immer noch mehr, und Miqueut gab keine Antwort. Und am Ende, als er aufgehört hatte, ergriff Miqueut das Wort.

Und sagte:

»An und für sich haben Sie im Grundprinzip nicht unrecht, aber nun trifft es sich, daß ich ausgerechnet dieses Jahr meinen Urlaub etwas früher nehme und vor dem fünften Juli nicht zurücksein werde, und es würde mir letztendlich schwerfallen, verstehen Sie, Sie vor meiner Rückkehr gehen zu lassen, weil Sie der einzige sind, nicht wahr, der über Ihre Geschäfte Bescheid weiß, und es muß während meiner Abwesenheit jemand über das Problem der Nugatsiebe Bescheid wissen, weil, gegenüber außen, wenn da jemand anrufen würde, da muß die Abteilung Antwort geben können, nicht wahr ... Sie sehen also, im Grundprinzip ...«

Und er lächelte ihn strahlend an, legte ihm die Hand auf die Schulter und schickte ihn wieder in sein Büro.

Denn er erwartete den Besuch Antioche Tambrétambres.

18 Darauf kehrte Emmanuel in sein Büro zurück. Er ergriff sein Saxophon und blies ein tiefes B von einer Tonstärke von neunhundert Dezibel.

Und dann hielt er inne mit dem Eindruck, daß seine linke Lunge die Form der Zahl 373 annahm.

Er irrte sich um eine Einheit.

Miqueut machte die Tür auf und sagte:

»Verstehen Sie, Pigeon, im Grundprinzip muß während der Arbeitsstunden vermieden werden ... äh ... nun ja, daß, verstehen Sie, letztendlich was anderes ... Ich wollte Ihnen sagen, daß Sie mir eine kleine Aufstellung machen, in der Sie mir ganz genau ... äh ... die Sitzungen angeben, die Sie vor meinem Urlaub abhalten könnten ... mit der ungefähren Angabe der Zeit, in der Sie sie stattfinden zu lassen beabsichtigen, einer kurzen Liste der Persönlichkeiten, die dazu eingeladen werden könnten, der annähernden Tagesordnung ... selbstverständlich keine Einzelheiten, ein kurzer Entwurf von zwölf bis fünfzehn Seiten pro Sitzung genügt mir vollauf ... Und zwar möchte ich diese Aufstellung für in ... sagen wir ... einer halben Stunde? Es ist so gut wie keine Arbeit ... Sie brauchen dazu fünf Minuten ... Selbstverständlich«, fügte er hinzu und wandte sich nach Adolphe Troude um, »das gleiche gilt auch für Sie und Marion ...«

»Geht in Ordnung, Monsieur«, sagte Troude.

Pigeon sagte nichts.

Marion schlief.

Miqueut schloß wieder die Tür und ging in sein Büro zurück.

Antioche wartete im Büro Vidals seit eineinviertel Stunden.

Der Major war bei ihm.

Als sie hörten, daß Miqueut sich wieder setzte, liefen sie schnell in den Flur und klopften an seine Tür.

»Herein«, sagte Miqueut.

19 In dem Augenblick, in dem Antioche in das Kabuff des Hauptunteringenieurs eindrang, wurde er von Adolphe Troude angerempelt, der, nachdem er gleich nach Miqueuts Weggang wie ein Wirbelwind hinausgestürzt war, unter der Last eines riesigen graubraunen Leinwandsacks gebeugt zurückkam. Antioche und der Major ließen ihn vorbei, und Troude verschwand an der Biegung des Flurs. Fünf Sekunden danach ließ eine dumpfe Erschütterung das Gebäude erbeben.

Beeindruckt floh der Major in das Büro Vidals und ließ seinen Freund allein dem Onkel seiner Angebeteten gegenübertreten.

»Guten Tag, Monsieur«, sagte Miqueut, wobei er sich leicht erhob und dabei eine Reihe glanzloser Zähne inmitten eines grimassierenden Lächelns zeigte.

»Guten Tag, Monsieur«, antwortete Antioche. »Geht es Ihnen gut?«

»Danke, und Ihnen?« sagte Miqueut. »Mein Stellvertreter, Monsieur Vidal, hat mir zwar von Ihrem Besuch gesprochen, aber er hat mir nicht genau gesagt, worum es sich handelt.«

»Das ist eine ziemlich spezielle Frage«, sagte Antioche ...

»Also, in wenigen Worten, worum es sich handelt. Im Verlaufe einer Zusammenkunft ...«

»Welcher Kommission?« unterbrach ihn Miqueut interessiert.

»Sie mißverstehen mich«, sagte Antioche, der sich wegen des Geruchs allmählich etwas gehemmt fühlte. Dadurch verlor er seine Kaltblütigkeit, und eine feuchte Unruhe umspülte seine Schläfen. Er faßte sich wieder und fuhr fort: »Im Verlaufe einer Party bei meinem ...«

»Ich unterbreche Sie sofort«, sagte der Baron, »und erlaube mir, Sie darauf hinzuweisen, daß es vom Standpunkt der Vereinheitlichung aus bedauerlich ist, Wörter und Begriffe zu benutzen, die nicht völlig definiert sind, und Fremdwörter sollten auf jeden Fall sowieso soweit wie möglich verboten werden. Deshalb haben wir im Konsortium Terminologie-Sonder-Kommissionen gründen müssen, die sich in jedem Bereich damit beschäftigen, alle diese Probleme, die sehr interessant sind, nicht wahr, zu lösen, und die wir uns im Grundprinzip in jedem besonderen Falle zu lösen bemühen, wobei wir uns selbstverständlich mit allen möglichen Garantien umgeben, so daß man uns letztendlich keine Märchen erzählen kann. Deshalb wäre es meiner Meinung nach besser, ein anderes Wort zu benützen als ›Party‹ … außerdem verwenden wir gerade in diesem Hause zum Beispiel gewöhnlich neben dem Wort ›Unifikation‹ das Wort ›Vereinheitlichung‹, das hierzu geschaffen worden ist, und das in dieser Hinsicht … äh … auch vorzuziehen ist, nicht aber das englische Wort ›Unification‹, das leider allzu oft von den Betroffenen und selbst von denen, die sich im Grundprinzip bemühen sollten, die Regeln der Vereinheitlichung oder Unifikation peinlich genau zu beachten… äh… nicht wahr, benutzt wird, während es ein einheimisches Wort dafür gibt. Es ist immer besser, Wörter nicht zu benutzen, deren Gebrauch sich in gewissen Fällen als nicht gerechtfertigt erweisen kann.«

»Sie haben Recht, Monsieur«, sagte Antioche; »ich bin vollkommen Ihrer Meinung, aber mir fällt kein französisches Wort ein, das den Begriff ›Party‹ wiedergeben könnte.«

»Nun, hier muß ich Sie unterbrechen!« sagte Miqueut. »Es ist uns nämlich im Verlaufe unserer Arbeiten schon vorgekommen, daß wir auf unpassende Wörter gestoßen sind oder auf solche, die zur Verwechslung führen und je nach dem Anlaß für unterschiedliche Interpretationen sein können. Mehrere unserer Kommissionen haben sich dieser Probleme angenommen, die, wie man zugeben muß, sehr heikel sind und … äh… nicht wahr, die gefundenen Lösungen sind in der Regel zufriedenstellend… Wir haben zum Beispiel in einem so andersartigen Bereich, wie es der der Eisenbahnen sein kann, nach einer Entsprechung für das englische Wort ›wagon‹ gesucht. Wir haben eine technische Kommission zusammengerufen und nach einem Jahr des Suchens, was wenig ist in Anbetracht der Tatsache, daß das Abziehen der Schriftstücke, die Versammlungen und die öffentlichen Umfragen, denen wir unsere Nothon-Projekte unterziehen, die tatsächliche Dauer der eigentlichen Arbeiten letztendlich beträchtlich verkürzen, sind wir zur Vereinheitlichung oder Unifikation des Wortes ›Wagen‹ gelangt... Nun, das Problem, nicht wahr, ist hier analog, und wir könnten es, glaube ich, auf die gleiche Weise lösen.«

»Natürlich«, sagte Antioche, »aber...«

»Selbstverständlich«, sagte Miqueut, »stehen wir Ihnen mit allen Ihnen dienlichen Auskünften betreffs der Arbeit unserer Kommissionen zur Verfügung. Ich werde Ihnen übrigens eine Mappe mit Unterlagen über die Nothons aushändigen lassen, damit Sie sich...«

»Entschuldigen Sie bitte, daß ich Sie unterbreche«, sagte Antioche, »aber die Frage, über die ich mich mit Ihnen unterhalten wollte, betrifft mich nicht eigentlich... Ich habe einen meiner Freunde mitgebracht, und wenn Sie es erlauben, werde ich ihn bitten, herzukommen...«

»Tun Sie das bitte!« sagte Miqueut. »Dann wird er also die kleine Vorstudie ausarbeiten, die als Grundlage für unsere Arbeiten dienen könnte?«

Antioche gab keine Antwort und ließ den Major hereinkommen.

Nach den vorschriftsmäßigen Höflichkeiten fuhr Miqueut, sich an den Major wendend, fort:

»Ihr Freund hat mir den Zweck Ihres Besuchs dargelegt, und ich finde Ihren Vorschlag äußerst interessant. Das bedeutet für uns eine Reihe von Nothon-Projekten, die wir der zuständigen Kommission in... sagen wir drei Wochen unterbreiten könnten... Ich nehme an, daß Sie uns einen ersten Entwurf in etwa acht Tagen zuschicken können, wodurch uns genügend Zeit bliebe, nicht wahr, die notwendigen Abzüge zu machen...«

»Aber...«, begann der Major.

»Sie haben recht«, sagte Miqueut, »aber ich glaube, daß wir uns zunächst mit der Terminologie zufriedengeben können, die die Grundlage eines jeden neuen Entwurfs ist... das Produkt-Nothon kommt danach... was uns genügend Zeit ließe, mit den Persönlichkeiten, die an diesem Projekt interessiert sein könnten, den notwendigen Gedankenaustausch zu pflegen.«

Das Haustelefon klingelte.

»Hallo…«, sagte Miqueut. »Ja!… Nein, nicht jetzt, ich habe Besuch… Ach ja? Hören Sie, das ist zwar sehr unangenehm, aber ich kann nicht… Ja… so schnell wie möglich…«

Er warf Antioche und dem Major einen giftigen und vorwurfsvollen Blick zu.

Sie hatten beide verstanden und standen gleichzeitig auf.

»Also, Monsieur«, sagte Miqueut, wieder aufgeheitert, und wandte sich dem Major zu, »ich bin sehr glücklich über diese äh… Kontaktaufnahme und ich hoffe, nicht wahr, daß wir diese Untersuchung ziemlich schnell zu Ende bringen können… Viel Vergnügen, Monsieur… Auf Wiedersehen Monsieur«, sagte er zu Antioche, »viel Vergnügen…«

Er begleitete sie zum Ausgang, machte eiligst wieder kehrt, um Pipi zu machen, und ging dann weg, um den Generaldirektor aufzusuchen…

Antioche und der Major gingen die Treppe hinunter und verloren sich in der Menge…

20 In der Rue Pradier Nummer einunddreißig ertönte kein Vogelgesang in den Waschräumen, zirpte kein Heimchen gedämpft *Die Frau des Fuhrmanns*, entfaltete keine Blume ihren bunten Fächer, um den unvorsichtigen geflügelten Chechaquo zu fangen, und der Mackintosh selbst hatte seinen Schwanz in acht ungleiche Teile zusammengefaltet, wobei er seinen Unterkiefer bis zum Boden hängen ließ, während dicke Tränen in die eingefallenen Augenhöhlen kullerten.

Der Major arbeitete an seinem Nothon-Projekt.

Er war allein in seiner Bibliothek und saß im Schneidersitz

auf einem kleinen Sommerteppich aus Lapislazuli von schönem Orangengelb. Er hatte das traditionelle Kostüm der Araber angelegt: Knochenpfeife, Levit aus Tussorseide, Kompressorturban und Sandalen aus unverarbeitetem Gießereischaftsleder. Das Kinn in der rechten Hand, die Haare zerzaust, dachte er kräftig nach. Auf dem Tisch häuften sich Stapel von Einzelbänden. Man zählte mindestens vier, eingebunden in fünfbeiniges Kalbsleder, deren Seiten mit den Eselsohren von der Verehrung des Majors für diese lebendige Erinnerung an seinen Großvater zeugten, der, wie ein Schwein, seinen Finger naß machte und die Ecken umbog. Es waren:

Das Handbuch des trunkenen Eilands, von Saint Raphael Quinquennal;

Die Betrachtungen über die Größe und den Verfall der Rumänen, von Professor Antonescu Meleanu;

Fünf Wochen in Unter-Röggen, von Comtesse d'Anteraxe, Laboratoriumsleiterin der Firma Dugommier und Co., bearbeitet von Jules Verne;

Die Äußerungen über das Antimon oder *Nieder mit den Pfaffen,* von Pater Nambouc.

Der Major hatte sie nie gelesen. Infolgedessen dachte er, dort nützliche Auskünfte zu finden, da er die beiden anderen Bände seiner Bibliothek genau kannte, nämlich das aus zwei Bänden bestehende Telefonbuch und den *Kleinen illustrierten Larousse,* und daher wußte, daß er dort auf nichts wirklich Originelles stoßen würde.

Er arbeitete seit acht Tagen. Das Problem der Terminologie war bereits gelöst.

Er wurde für seine Anstrengungen mit dem dumpfen Schmerz belohnt, den er an der Basis seines Kleinhirns empfand.

Und das war nur allzu gerecht. Denn sein ganzes natürliches Genie war in Anspruch genommen worden.

Da er das Englische perfekt beherrschte, hatte er in sehr kurzer Zeit feststellen können, daß der einzige Nachteil des Wortes »Party« darin bestand, daß es ein Y enthält. Nach einer zweistündigen Untersuchung bot sich, grell in die Augen springend, die Lösung: er ersetzte Party durch Partie. Zwar sind die genialen Dinge nicht immer so einfach, doch wenn sie diese Einfachheit erreichen, sind sie wirklich genial.

Doch der Major blieb dabei nicht stehen.

Er ging vom Allgemeinen zum Besonderen über und behandelte das Problem im Raum und in der Zeit.

Er untersuchte die geographischen Bedingungen der Standorte, die sich am besten für Parties eignen:

– Orientierung der Räumlichkeiten mit Untersuchung der vorherrschenden Winde und der geophysischen Beschränkungen, die sich aus der Höhe und aus der granulometrischen Zusammensetzung des Bodens ergeben.

Er untersuchte die architektonischen Bedingungen der Konstruktion des Gebäudes:

– Wahl der die tragenden Wände bildenden Baumaterialien;

– Art der Antikotz- und Parabrillantineschicht, die auf die verschiedenen Wände aufgetragen werden muß;

– Standort der Bumsräume und der eventuellen Eltern-Schutz-Freiräume;

– et kohetera, et kohetera.

Er dehnte seine Untersuchung auf die allerkleinsten Einzelheiten aus.

Er vernachlässigte nicht einmal die Nebengebäude.

Und er bekam ein wenig Angst.

Aber er gab die Hoffnung nicht auf.

Er gab nie die Hoffnung auf.

Er zog es vor zu schlafen...

ENDE DES ZWEITEN TEILS

Dritter Teil
Der Major im Hypoid

1 An jenem Morgen hatte René Vidal den zweiten Knopf seiner Jacke während der wöchentlichen Ratssitzung geöffnet, denn es war ziemlich warm: das Thermometer war in der Tat gerade explodiert; es hatte dabei drei Fensterscheiben zerstört und den Raum mit seinen mephitischen Dünsten erfüllt. Als die Ratssitzung zu Ende war, hatte Miqueut Vidal bedeutet, daß er noch bleiben solle, worauf er leicht hätte verzichten mögen, wie Racine sagte, verständlich in Anbetracht der belzebubischen Temperatur, die in der Höhle des Hauptunteringenieurs herrschte, deren Fenster alle sorgfältig geschlossen waren: Miqueut fürchtete um seine empfindlichen Organe.

Die fünf Kollegen Vidals verließen den Raum: Miqueut bat Vidal sich zu setzen und sagte zu ihm:

»Vidal, ich bin nicht mit Ihnen zufrieden.«

»Ach!« sagte Vidal und hatte Lust, ihm einen Federhalter ins Auge zu stoßen. Aber das Auge entzog sich.

»Nein! Ich hatte es Ihnen schon letztes Jahr gesagt, als Sie Ihre Socken heruntergerollt und statt Hosenträger einen Gürtel benutzt haben, daß wir uns nach außen hin nicht die mindeste Unkorrektheit in unserer Kleidung erlauben dürfen.«

»Wenn du was anderes in den Adern hättest als Krötenblut«, sagte Vidal, allerdings innerlich, »dann wäre dir genauso heiß wie mir.«

»Daher bitte ich Sie, Ihre Jacke wieder zu schließen. Ihre Kleidung ist so nicht korrekt. Wenn Sie in mein Büro kommen, möchte ich Sie bitten, darauf etwas zu achten. Das ist eine Frage der Disziplin. Nur so sind wir dort hingekommen, wo wir heute sind.«

Miqueut fügte nicht hinzu, daß er die Disziplin völlig vergaß, wenn es darum ging, dem Ruf der Alarmsirenen zu gehorchen, deren Gekreisch in variablen Abständen über den Dächern ertönte.

Er ging Vidal noch einige Minuten lang mit extraluziden

Betrachtungen über den Nutzen, die Anzahl der Exemplare eines Schriftstücks unter Berücksichtigung der Anzahl der damit zu bedenkenden Personen und der zu lagernden Vorräte vorauszusehen, auf die Nerven. Vidal rächte sich, indem er die Spitze des linken Schuhs von Miqueut, der sich ihm zur Hälfte zugewandt hatte, um ihm diese Erläuterungen zuteil werden zu lassen, mit Schweiß berieselte. Als die Schuhspitze nur noch ein feuchter Brei war (was das natürliche Charakteristikum eines jeden Breis ist), hörte Miqueut zu sprechen auf.

Vidal verließ seinen Chef und fand den Major auf seinem Platz sitzend, beide Füße bequem auf dem Telefon ausgestreckt. Eine kleine Lache hatte sich unter seiner linken Hinterbacke gebildet, und Vidal merkte es erst, als er seinen Sessel wieder in Besitz nahm. Der Major nahm einen Stuhl.

»Ich hatte eine Blasenoperation«, erklärte er, »und das ist jetzt die Folge davon.«

»Das ist sehr angenehm«, versicherte Vidal, den diese Feuchtigkeit am Hintern erfrischte. »Was kann ich für dich tun?«

»Ich brauche Tips«, sagte der Major.

»Für was?«

»Für mein Nothon-Projekt über die Parties.«

»Was fehlt dir?«

»Heizung!« sagte der Major lakonisch. »Ich habe bei dieser ganzen Untersuchung die Heizung vergessen. Kein Wunder, bei dieser Temperatur und dieser Kohleknappheit. Mein Unterbewußtsein hat das sicherlich überflüssig gefunden.«

Er grinste bei dem Gedanken an sein Unterbewußtsein.

»Das ist dumm«, sagte Vidal. »Hoffentlich macht dir das nicht alles zunichte ... Hast du an die Kühlung gedacht?«

»Verflucht und zugenäht, nein«, sagte der Major.

»Na, dann geh ruhig mal zu Emmanuel rüber«, sagte Vidal. Innerhalb von zehn Minuten hatte Emmanuel dank seiner großen Kompetenz in Kühlungsfragen das gestellte Problem gelöst, das in der Löschung des Feuers am Dings mittels frischem Wasser bestand.

»Hast du sonst nichts vergessen?« fragte Vidal.

»Ich kann das nur schlecht beurteilen …«, sagte der Major.

»Da … Sieh nach …«

Er zeigte ihm sein Projekt, das fünfzehnhundert großformatige Seiten zählte.

»Ich denke, das muß genügen …«, sagte Vidal.

»Ich frage mich, ob Miqueut merken wird, daß ich die Heizung vergessen habe …«

»Auf den ersten Blick«, versicherte Vidal.

»Dann muß ich das Ding da ergänzen …«, sagte der Major.

»Wer kümmert sich denn hier um die Heizung?«

»Das ist Levadoux«, sagte Vidal beunruhigt.

»Oh Scheiße!« seufzte der Major voller Überzeugung, aber auch voller Traurigkeit.

Denn Levadoux war ganz sicher abgeschoben.

2 Als Ersatz für die Stenotypistinnen, die ihn kurz zuvor verlassen hatten, war es Miqueut gelungen, von Cercueil sieben unschuldige Jungfrauen anstellen zu lassen, deren Verdienste, fühlbar analog, in der Nähe von Null lagen. Miqueut, der glücklich war, dieser Jugend seine Auffassung von der Rolle eines Chefs demonstrieren zu können, machte sich den Spaß, sie die Schriftstücke acht und zehn Mal hintereinander neu schreiben zu lassen.

Er bedachte nicht die Gefahr, die die Verteilung von wasserspülungszuckerüberzogenen Vitamindragées mit Weichkäshormonen durch den nationalen Kuddelmuddel für seine überarbeitete Abteilung bilden sollte. Dieses superenergetische Erzeugnis rief diesen siebzehn- bis zwanzigjährigen Organismen verblüffende Wirkungen hervor. Eine wilde Glut strömte aus der kleinsten Gebärde dieser jungen Mädchen. Nach vier Verteilungen war die Temperatur ihres gemeinsamen Büros in einem solchen Ausmaß gestiegen, daß der unschuldige Besucher, der ohne besondere Vorsichtsmaßregeln dieses Büro betrat, fast hingefallen wäre, niedergeschmettert von der unmenschlichen Energie der Umweltatmosphäre. Es blieb kein anderes Mittel als zu fliehen oder sich ganz schnell auszuziehen, um es auszuhalten, ohne sich dabei Illusionen über den Fortgang der Ereignisse zu machen.

Aber der immer noch vom Krötenblut durchströmte Nukleolenkörper des Hauptunteringenieurs ging durch all das hindurch wie ein Salamander durch die Flamme, und sein Fenster blieb, so groß die Hitze der Luft auch sein mochte, Tag und Nacht geschlossen. Miqueut hatte sogar eine zusätzliche kleine Weste angezogen, um die eventuellen Wirkungen einer möglichen Senkung der Temperatur zu bekämpfen.

In seinem Sessel auf seinem geblümten Cretonne-Kissen sitzend las er ein Sitzungsstenogramm, und plötzlich stieß sein Auge auf einen kleinen Satz, der dem Anschein nach zwar harmlos, ihm bei der Berührung aber so unangenehm war, daß er seine Brille abnehmen und zehn Minuten lang das Augenlid reiben mußte, ohne dabei eine andere Erleichterung zu empfinden als die, die mit der Verwandlung von einem Stich zu einer Brandwunde einhergeht. Er rotierte auf seinem Drehsessel und drückte mit dem Finger nach einem komplizierten Rhythmus auf den Knopf.

Es war das Madame Balèze, seiner zweiten Sekretärin vorbehaltene Signal.

Sie kam herein. Ihr Magen, von den Vitamindragées aufgebläht, sprang unter einem levantinischen, mit großen, petrolgelben Blumen geschmückten Trü-Trü-Kleid hervor.

»Madame«, sagte Miqueut, »ich bin mit Ihrem Stenogramm überhaupt nicht einverstanden. Ich habe das Gefühl, daß Sie es … äh … letztendlich vielleicht nicht mit der notwendigen Aufmerksamkeit aufgenommen haben.«

»Aber Monsieur«, protestierte Madame Balèze, »ich habe das Gefühl, daß ich es mit der üblichen Sorgfalt aufgenommen habe.«

»Nein«, sagte Miqueut in schneidendem Ton. »Das ist nicht möglich.«

»So haben Sie auf Seite zwölf das, was ich gesagt habe, so aufgeschrieben: ›Wenn Sie nichts dagegen haben, glaube ich, daß man vielleicht in der elften Zeile der siebten Seite des Schriftstücks K-9-786 CNP-Q-R-2675 das Wort *vorkommendenfalls* durch die Wörter *vorbehaltlich gegenteiliger Spezifizierung* ersetzen und in der folgenden Zeile zum besseren Verständnis des Textes *und insbesondere für den Fall, daß* hinzufügen könnte.‹ Nun, das habe ich nie gesagt, daran erinnere ich mich ganz genau. Ich habe vorgeschlagen, *ausgenommen gegenteiliger Spezifizierung* zu schreiben, was nicht ganz das gleiche ist und im übrigen habe ich nicht gesagt *und insbesondere für den Fall, daß,* sondern *und ganz besonders für den Fall, daß,* und daß es da eine Nuance gibt, das sehen Sie ja wohl ein. Und in Ihrem Stenogramm stehen mindestens drei Fehler dieses Kalibers. So geht das nicht, so kann das nicht gehen. Und hinterher kommen Sie und wollen Gehaltserhöhung...«

»Aber, Monsieur...«, protestierte Madame Balèze.

»Von Ihnen ist eine wie die andere«, fuhr Miqueut fort. »Soviel gesteht man Ihnen zu und soviel wollen Sie haben. Sehen Sie zu, daß das nicht wieder vorkommt, andernfalls kann ich Sie nicht für die Gehaltserhöhung von zwanzig Francs vorschlagen, an die ich ab nächsten Monat für Sie gedacht habe.«

Madame Balèze verließ das Büro ohne ein Wort zu sagen und kam in dem Augenblick wieder im Saal der Stenotypistinnen an, in dem die Jüngste der Abteilung – die, die die ganze Dreckarbeit machen mußte – die Dragées vom Tag heraufbrachte.

Eine Viertelstunde danach kündigten die sieben Sekretärinnen bei Cercueil und verließen alle zusammen das Konsor-

tium, um einen trinken zu gehen und sich Mut zu machen.
Auf Grund ihres Vertrages konnten sie ihre Stelle nicht vor
Ablauf des Monats endgültig verlassen, und es war erst der
siebenundzwanzigste.
Sie tranken und gingen also wieder die Treppe hinauf, nachdem sie den Wirt bezahlt hatten.
Sie machten sich wieder an die Arbeit und unter dem Druck
ihrer mächtigen Finger flogen die Schreibmaschinen eine
nach der andern auseinander. Wieder einmal richteten die
Vitaminbonbons heftigen Schaden an. Die Matrizen, die
beim dritten Anschlag barsten, flogen in einer Wolke über-
hitzter Metalltrümmer im Büro herum, und der Geruch des
roten Radierers vermischte sich mit dem der rasenden Weiber. Als alle Maschinen außer Gebrauch waren, setzten sich
die sieben Sekretärinnen mitten in den Trümmerhaufen und
begannen im Chor zu singen.
In diesem Augenblick klingelte Miqueut seiner ersten Sekretärin, der unabsetzbaren Madame Lougre. Sie lief herbei und
informierte ihn über die schweren Schäden, die an den Be-
triebsanlagen entstanden waren. Miqueut kratzte sich an
den Zähnen, nutzte die Gelegenheit, um ein wenig an den
Fingernägeln zu kauen und flog zu Toucheboeuf, um Kriegsrat zu halten.
Er gelangte im dritten Stock an, als er einen dumpfen Schlag
vernahm, der das ganze Gebäude erschütterte. Der Fußboden zitterte unter seinen Schritten; er verlor das Gleichge-
wicht und mußte sich am Geländer festhalten, um nicht hin-
zufallen, während eine Lawine von Balken und Bauschutt
kaum fünf Meter vor seinen Füßen in den Flur stürzte, in
den er einbiegen wollte.
Unter dem Gewicht der Düngersäcke war der Schreibtisch
Troudes eingestürzt und hatte in seinem Fall eine Akte von
außergewöhnlicher Wichtigkeit mitgerissen, die eine Vorstudie zu einem Nothon-Projekt über Holzdosen für Kokos-
flocken aus dem Sudan enthielt. Eine Talfahrt über drei

Stockwerke war notwendig gewesen, um den Fall der Düngersäcke zu bremsen, und Adolphe Troude, der darüber hinaus noch mitgefallen war, stand mitten in dem Trümmerhaufen. Nur sein Kopf und der obere Teil seines Oberkörpers ragten heraus.

Miqueut machte zweimal fünf Schritte nach vorn und betrachtete bestürzt seinen Stellvertreter, der bei dem Gerangel sein Hemd und seine Krawatte verloren hatte.

»Ich habe Vidal schon die Notwendigkeit in Erinnerung gerufen«, sagte er, »streng auf die Bedeutung einer korrekten Kleidung zu achten. Gegenüber immer möglichen Besuchern dürfen wir uns nicht die geringste Nachlässigkeit erlauben ... obgleich ... äh ... Sie letztendlich selbstverständlich im vorliegenden Falle ... vielleicht nicht ganz ... nun ja, nicht wahr, wir müssen sehr achtgeben.«

»Es war eine Taube ...«, erklärte Troude.

»Was?« sagte Miqueut. »Ich verstehe Sie nicht ... Verdeutlichen Sie Ihren Gedanken ...«

»Sie ist hereingeflogen«, fuhr Adolphe Troude fort, »und hat sich auf die Kugelleuchte gesetzt, die heruntergefallen ist...«

»Das ist kein Grund, lassen Sie sich das noch einmal gesagt sein«, sprach Miqueut weiter, »Ihre Kleidung zu vernachlässigen. Das ist eine Frage der Korrektheit und des Respekts gegenüber Ihrem Gesprächspartner. Sie sehen ja, wo man ohne den Respekt vor den Regeln hinkommt. Leider haben wir um uns herum nur allzu viele Beispiele und ... äh ... Kurzum, ich denke, daß Sie in Zukunft achtgeben werden.«

Er drehte sich um, kehrte zum Treppenabsatz zurück und betrat das Büro Toucheبœufs, das dem Fahrstuhlschacht gegenüberlag.

Es gelang Adolphe Troude, sich zu befreien und er begann, seine unbeschädigten Säcke einzusammeln.

3 Trotz der Versuche Miqueuts und Touchebœufs, die sieben Sekretärinnen zu besseren Gefühlen zu überreden, verließen diese drei Tage danach das Konsortium, um nicht mehr wiederzukommen. Ihre Herzen waren in festlicher Stimmung und sie sagten dem Hauptingenieur nicht einmal Adieu.

An diesem Tag hatte der Major um halb zwei einen Termin beim Onkel seiner Angebeteten.

Wie gewöhnlich ging er gleich, nachdem er angekommen war, zuerst einmal zu Vidal.

»Na?« fragte dieser letztere.

»Fertig!« antwortete der Major stolz. »Ich habe Levadoux vorgestern in einer Nahkampfdiele getroffen und ihn um Tips gebeten. Schau her...«

Er hielt ihm das Projekt hin, das jetzt mindestens achtzehnhundert Seiten umfaßte.

»Es ist doch hoffentlich immer noch nach dem Nothon-Plan?« sagte Vidal.

»Aber selbstverständlich!« antwortete der Major voller Stolz.

»Dann geh rein«, sagte Vidal und machte ihm die Tür auf, die sein Büro von dem Miqueuts trennte.

»Monsieur, hier ist Monsieur Loustalot«, sagte er zu Miqueut.

»Ah, da sind Sie ja, Monsieur Loustalot«, rief der Hauptunteringenieur und stand auf. »Ich bin sehr froh, Sie zu sehen...«

Er schüttelte ihm dreißig Sekunden lang die Hand, wobei er seiner Birne ein grimassierendes Lächeln entlockte.

Mehr hörte Vidal nicht mehr, denn er machte die Tür wieder zu und setzte sich von neuem an seinen Schreibtisch. Er schlief bequem eineinhalb Stunden und wurde von dem gezwungenen Lachen Miqueuts geweckt, das durch die dünne Wand sickerte.

Diskret ging er zur Tür, um zu horchen.

»Verstehen Sie«, sagte sein Chef, »das ist zwar eine sehr interessante Arbeit, aber... äh... im Grundprinzip, nicht wahr, darf man nicht damit rechnen, das Verständnis aller zu finden. Wir stoßen in der Regel, und das auf fast allen Gebieten, auf Forderungen eher kommerzieller Art, wenn ich einmal so sagen darf, die wir nach Möglichkeit bekämpfen müssen, aber selbstverständlich ohne sie von vorne anzugehen und wobei wir, nicht wahr, im Rahmen des Möglichen die ganze Diplomatie zeigen müssen, die wir entfalten können... Das ist eine Arbeit, die im Grundprinzip Fingerspitzengefühl und eine ziemlich große Geschicklichkeit verlangt. So kommt man uns sehr oft mit Argumenten, die im guten Glauben vorgebracht zu werden scheinen. Nun, in drei von vier Fällen stellen wir hinterher fest...«

»Wenn das Nothon amtlich bestätigt ist?« warf der Major ein.

»Han! Han! Nein, zum Glück nicht«, sagte Miqueut mit der Stimme eines Mannes, der rot wird. »Nun, stellen wir also fest, daß diese Argumente von Gesichtspunkten diktiert worden waren, die von reinen Privatinteressen bestimmt sind. Deshalb müssen wir fortwährend kämpfen, um zu versuchen, daß letztendlich der Gesichtspunkt der Vereinheitlichung triumphiert.«

»Im Grundprinzip«, schloß Miqueut, »müssen wir Apostel sein und dürfen nie den Mut verlieren.«

»Apostel...«, sagte der Major. »He! Warum eigentlich nicht?«

»So werden Sie gleich sehen«, sagte Miqueut, »ob Ihnen die Arbeit zusagen wird. Ich werde versuchen, eine Sekretärin für Sie zu finden. Im Augenblick bin ich mit Hilfspersonal etwas knapp dran... Hilfspersonal, nicht wahr, ist im Augenblick sehr schwer zu finden und stellt letztendlich solche Forderungen ... wir können uns einfach nicht erlauben ... nicht wahr, ihnen mehr zu bezahlen, als sie verdienen. Wir würden ihnen damit einen schlechten Dienst erweisen...«

»Ich glaube übrigens«, sagte der Major, »daß ich mich in der ersten Zeit erst einmal informieren muß.«

»Ja, nicht wahr, im Grundprinzip ist das zum Teil richtig... und ansonsten hat mir der Personalchef für in etwa einer

Woche sieben Stenotypistinnen versprochen. Da ich sechs andere Stellvertreter habe, glaube ich nicht, daß Sie sofort eine bekommen werden, weil ich außer Madame Lougre, die die einzige treue Seele ist, noch eine brauche, aber ich … äh… anschließend denke ich, daß wir uns vervollständigen können, nicht wahr… Ich beabsichtige übrigens… ich habe eine Nichte, die eine ziemlich gute Stenographin ist… kurzum, ich beabsichtige, sie in die Abteilung zu nehmen… sie wird Ihnen zugeteilt werden…«

Vidal hörte ein leises, wunderliches Geräusch, wie der Schluckauf eines Labadans, und den Aufprall eines Falls auf den Fußboden. Fast gleich darauf ging die Tür auf.

»Vidal«, sagte sein Chef, »helfen Sie mir, ihn wegzuschaffen… ihm ist schlecht geworden… wahrscheinlich die Erschöpfung, verursacht durch die Ausarbeitung des Projekts… Nun, sein Entwurf scheint mir sehr interessant zu sein… Ich werde ihn in Ihr Büro schaffen…«

»Den Entwurf?« fragte Vidal, als hätte er nichts begriffen.

»Nein, nein«, sagte Miqueut und lachte sich einen Ast …

»Monsieur Loustalot! Er fängt bei der C.N.U. an.«

»Es ist Ihnen gelungen, ihn zu überzeugen«, sagte Vidal in einem Ton, den er bewundernd zu machen sich bemühte.

»Ja«, gab Miqueut mit falscher Bescheidenheit zu … »Ich denke, daß ich ihm die Sonderkommission für Parties anvertrauen werde, die demnächst gegründet wird.«

Unterdessen war der Major ganz von allein aufgestanden.

»Entschuldigen Sie bitte«, sagte er … »Ich bin total erschöpft.«

»Aber ich bitte Sie, Monsieur Loustalot… Ich hoffe, Sie fühlen sich jetzt wieder wohl. Gut, dann viel Vergnügen!… Und bis nächsten Montag.«

»Viel Vergnügen«, wiederholte der Major, wobei er sich innerlich sammelte, um von einer solchen Sprache Gebrauch zu machen.

Miqueut ging wieder in sein Büro zurück.

4

Nun, Fromental war nicht tot.

Er hatte seinen Cardebrye reparieren, das heißt, wieder einen Wagen hinter dem Steuer anbringen lassen, das ihn nach Hause gebracht hatte. Diese neue Anordnung erwies sich als bequemer, um Freunde zu befördern.

Er hatte sich beim Racing-Club einschreiben lassen und trainierte dort in einem fort, um ein prächtiges Paar Bizeps zu bekommen und dem Major bei der ersten Gelegenheit die Fresse vollzuhauen.

Im Racing-Club hatte er mit André Vautravers, dem Generalsekretär der Delegation, Freundschaft geschlossen ... Wie der Zufall so spielt ...

Er verkehrte auch mit dem berühmten Claude Abadie, einem schamlosen Basketballspieler und Schwimmer und Amateur-Klarinettisten.

Er traf Vautravers so oft, daß er, nicht allein damit zufrieden, ihn beim Training zu sehen, durch seine Vermittlung eine Stelle bei der Delegation bekam ... Er sollte also in gewissem Maße die Tätigkeiten des Konsortiums überwachen.

Fromental trat sein Amt eine Woche vor dem Besuch des Majors bei Miqueut an. Seine Arbeit bestand darin, ganz schlicht und einfach die von der C.N.U. übergebenen Schriftstücke zu ordnen, um dicke Aktenordner damit zu füllen.

Fromental war übereifrig. Und in einem dunklen Winkel seiner Gehirnlappen ringelte sich ein teuflischer Gedanke.

Er würde Miqueut schmeicheln, indem er ihn wegen seiner ausgezeichneten Arbeit beglückwünschte und sich so langsam bei ihm beliebt machen. Dann würde er die Katze aus dem Sack lassen und um die Hand seiner Nichte anhalten. Ein einfacher, aber erfolgreicher Plan, erleichtert noch durch die häufigen Begegnungen, die Fromental bestimmt mit dem Hauptunteringenieur haben würde.

Drei Wochen nach seinem Dienstantritt bei der Delegation bekam Fromental das vom Major ausgearbeitete Nothon-Projekt über die Parties.

[119]

Ohne Argwohn und auf Grund der außergewöhnlichen Bedeutung dieses Schriftstücks schrieb er an die Adresse Miqueuts einen Brief, in dem er den Empfang des Projekts bestätigte und einige auf den Autor gemünzte dithyrambische Lobeshymnen zum Ausdruck brachte.

Sein Schriftsatz wurde ohne Änderung gebilligt, weil sein Chef sehr mit seiner Sekretärin beschäftigt war, und das Handschreiben ging mit der nächsten Verbindung ab.

Um der Sache noch Nachdruck zu verleihen, nahm Fromental den Hörer ab.

Er wählte die bekannte Nummer: MIL. 00-00, kam wie durch ein Wunder sofort durch und fragte nach Monsieur Miqueut.

»Er ist nicht da«, antwortete ihm die Telefonistin (die einzige liebenswürdige Person des Hauses). »Wollen Sie mit einem seiner Stellvertreter sprechen? In welcher Angelegenheit?«

»Parties«, antwortete Fromental.

»Ah! Gut! Ich werde Ihnen den Major geben.«

Im Kopf Fromentals entstand ein Geräusch wie wenn sich ein Kesselflicker mit seiner Frau auseinandersetzt, und noch bevor er Zeit gehabt hatte, sich zu fragen, ob es sich um »seinen« Major handelte, hatte er ihn schon am andern Ende der Leitung.

»Hallo?« sagte der Major. »Hier ist unser glücklicher Major.«

»Hier Drehwurm…«, stammelte der andere und verriet sich in seiner Verwirrung.

Bei diesen Worten stieß der Major ein sorgfältig berechnetes Geheul in die Sprechmuschel, um zu dreiviertel das rechte Trommelfell Fromentals zu zerstören, der den Hörer fallen ließ und sich mit beiden Händen wimmernd den Kopf hielt.

Als der Unglückliche den Hörer wieder in die Hand genommen hatte, fuhr der Major fort:

»Entschuldigen Sie bitte«, sagte er höhnisch, »mein Telefon funktioniert ganz schlecht. Womit kann ich Ihnen behilflich sein?«

»Ich wollte mit Hauptunteringenieur Miqueut sprechen und nicht mit einem seiner Stellvertreter«, sagte Fromental.

Verärgert spuckte der betreffende Stellvertreter in die Sprechmuschel und unmittelbar darauf war Fromentals linkes Ohr von einer dicken Flüssigkeit verstopft. Dann legte der Major auf.

Fromental legte ebenfalls auf und ausgerüstet mit einer geradegebogenen und mit Verbandswatte umwickelten Posaune, machte er sich den Gehörgang mit großer Mühe wieder frei. Das Unwetter, das zwischen seinen Scheitelbeinen tobte, brauchte zwei Stunden, bis es sich beruhigt hatte. Als er wieder klar bei Verstand war, stellte er einen sorgfältigen Arbeitsplan aller Scherereien auf, die dem Major zu bereiten in seiner Macht stand, damit dieser sich schließlich bei Miqueut verhaßt machen würde.

Er kannte nur allzu gut den unsagbaren Charme des Majors, um keine Minute daran zu zweifeln, daß dieser sein Ziel erreichen würde, das darin bestand, Miqueut von sich einzunehmen, sofern günstige Umstände oder das Fehlen ungünstiger Umstände ihm die Muße dazu ließen.

Er mußte also zum Gegenangriff übergehen und zwar dalli dalli.

Drehwurm schloß seine Schublade ab, stand auf, rückte sorgsam seinen Drehstuhl an den Schreibtisch heran (das alles, um sich Zeit zum Nachdenken zu geben) und verließ den Raum, wobei er seinen rechten Handschuh vergaß.

Er ging die Treppe hinunter. Sein Cardebrye, für den er einen ordnungsgemäßen S.P. bekommen hatte, erwartete ihn brav am Bürgersteig.

Er kannte – dank unsäglicher Tricks – die Adresse Zizanies.

Er setzte seinen Motor in Gang, ließ die Kuppelung kommen und fuhr im Karacho zur Wohnung der Schönen.

Um fünf Uhr nachmittags bezog er vor dem Haus Zizanies Posten. Um Punkt fünf Uhr neunundvierzig sah er sie nach Hause kommen.

Er ließ den Motor wieder an, fuhr vier Meter zwei weiter und stand nun direkt vor der Toreinfahrt, wo er von neuem hielt. Er fluchte siebenmal den Namen Gottes herunter, weil er Hunger und Durst hatte und Pipi machen mußte, und blieb, die Augen auf die Tür gerichtet, am Steuer sitzen.

Er wartete auf etwas.

5 Morgens um halb acht wartete er immer noch. Sein linkes Auge war vor Müdigkeit völlig verklebt. Es gelang ihm, es mit einer Kombizange aufzubringen, und er fand sich nun wieder im Besitz eines korrekten Sehvermögens.

Er streckte seine gekrümmten Beine mit solcher Macht aus, daß das Armaturenbrett des Cardebrye in die Brüche ging. Da es auf eine Reparatur mehr oder weniger nicht mehr ankam, gab er nicht weiter darauf acht.

Es verging eine Viertelstunde und Zizanie kam heraus. Sie bestieg ein bezauberndes Fahrrad aus Hornriegelholz, Kriegsfabrikation. Die Reifen bestanden aus mit Azetylen aufgepumpten Otterschläuchen und der Sattel aus einer dicken Schicht mageren Schweizerkäses, der ziemlich bequem und praktisch unzerstörbar war. Ihr leichter Rock flatterte hinter ihr und ließ einen kleinen, weißen Slip sehen, der an den Oberschenkeln mit einer kurzen, kastanienbraunen Franse gesäumt war.

Fromental folgte Zizanie im Zeitlupentempo.

Sie nahm die Rue du Cherche-Midi, bog in die Rue du Bac ein, fuhr durch die Rue La Boétie, über den Boulevard Barbès, die Avenue de Tokio und kam direkt an der Place Pigalle heraus. Das Konsortium stand dort ganz in der Nähe, hinter der Militärschule.

Das Ziel Zizanies ahnend, beschleunigte Fromental plötzlich das Tempo und kam zwei Minuten vor ihr in der C.N.U. an. Rechtzeitig genug, um die Treppe hinunterzustürzen und den Fahrstuhl aus dem zweiten Untergeschoß kommen zu lassen.

Zizanie, die ihn nicht gesehen hatte, begab sich bedächtig zu dem dafür bestimmten Schuppen und band sorgfältig ihr Fahrrad an einen der Stahlgerüstpfeiler, die das Wellblechdach trugen. Sie nahm ihre Handtasche. Als sie am Schacht des Förderapparats angekommen war, der in Erfüllung der geltenden Vorschriften nur die beiden oberen Stockwerke bediente, drückte sie auf den Knopf.

Von unten untersagte Fromental der Maschine jegliche Bewegung, indem er die Tür offen hielt. Daher rührte sich nichts. »Kein Strom!« dachte Zizanie.

Und sie machte sich daran, die sechsmal zweiundzwanzig Stufen, die zur Abteilung ihres Onkels führten, zu Fuß hinaufzusteigen.

Sie war gerade am vierten Stockwerk vorbei, als der Fahrstuhl sich in Bewegung setzte. Er kam genau in dem Augenblick im sechsten Stock an, als sie den Fuß auf die letzte Stufe setzte. Die schmiedeeiserne Tür aufmachen, sich der Kleinen bemächtigen, sie in die Kabine ziehen und auf den Knopf für die Abwärtsfahrt drücken – waren nur ein Kinderspiel für Fromental, dessen Leidenschaft, deutlich sichtbar unter dem leichten Stoff einer Sommerhose, seine Energie verzehnfachte, wenn sie auch die natürliche Ungezwungenheit seiner Bewegungen ein wenig behinderte.

Der Fahrstuhl hielt im Erdgeschoß. Fromental packte Zizanie, die er während der Abwärtsfahrt losgelassen hatte, von neuem und klappte die innere Schiebetür nach links. Die Außentür ging von allein auf, denn der Major war gerade angekommen.

Und der Major packte Zizanie flugs mit der rechten Hand. Mit der linken zog er Fromental aus der Kabine und warf ihn die Treppe hinunter, in Richtung Untergeschoß. Dann betrat er, gefolgt von Zizanie, ruhig den Aufzug, der sie kurz darauf im sechsten Stock absetzte.

Im Verlauf von sechs Stockwerken hatte er genügend Zeit gehabt, gute Arbeit zu leisten. Doch er rutschte darauf aus, als er ausstieg und wäre beinahe mit der Schnauze auf die Steinfliesen des Treppenabsatzes gefallen. Zizanie hielt ihn rechtzeitig zurück.

»Du hast mich ebenfalls gerettet, jetzt sind wir quitt, mein Engel!« sagte der Major und küßte sie zärtlich auf die Lippen.

Sie benutzte einen sehr fetten Lippenstift, der dem Major Schmisse beibrachte. Bevor dieser die kompromittierenden Spuren hatte verschwinden lassen können, tauchte Miqueut, der sich anschickte, nach unten zu gehen, um Touchebœuf aufzusuchen, plötzlich im Flur auf und stand vor ihnen.

»Ach! Guten Tag, Monsieur Loustalot... Sieh an, Sie sind ja zur gleichen Zeit angekommen wie meine Nichte... Darf ich Ihnen Ihre Sekretärin vorstellen... Han... Han... Mach dich an die Arbeit«, fuhr er an Zizanie gewandt fort. »Madame Lougre wird dir die notwendigen Anweisungen geben. Haben Sie Himbeeren gegessen?« plapperte dieser geschwätzige Mann weiter und betrachtete aufmerksam den Mund des Majors. »Ich hätte nicht gedacht, daß man jetzt schon welche findet...«

»Bei mir gibt es viele«, erklärte der Major.

»Da haben Sie großes Glück... Han... Han... Ich gehe hinunter zu Touchebœuf. Informieren Sie sich schon mal ein bißchen, bis wir letztendlich ein kleines Gespräch führen können... um uns einen Überblick zu verschaffen.«

Während dieses Austauschs von Liebenswürdigkeiten war der Fahrstuhl wieder hinuntergefahren. Er kam jetzt mit einem rasenden Fromental zurück, der zusammenzuckte, als er Miqueut sah.

»Guten Tag, mein Lieber«, rief dieser, der ihm ein erstes Mal bei der Delegation begegnet war. »Na? Was gibts Neues? Sie wollten mich sicherlich abholen kommen, um zu Touchebœuf zu gehen?«

»Äh... Ja!« stammelte Fromental, hochbeglückt über diese Ausrede.

»Übrigens, darf ich Ihnen Monsieur Loustalot vorstellen, meinen neuen Stellvertreter«, sagte der Baron. »Monsieur Drehwurm von der Delegation. Monsieur Loustalot hat das Nothon-Projekt aufgestellt, für das wir von der Delegation einige lobende Worte entgegennehmen durften...«, fuhr Miqueut fort.

Daß er das Wort »Delegation« zweimal hintereinander aussprechen durfte, füllte ihn ganz aus. Er erstickte fast daran. Fromental brummte etwas in den Bart, was man für das halten konnte, was man wollte. Die Interpretationen des Majors und Miqueuts waren sehr verschieden.

»Na!« schloß letzterer, »nutzen wir also den Aufzug, mein lieber Drehwurm. Bis nachher, Monsieur Loustalot.«

Sie entschwanden den Augen des heiteren Majors.

Als er in den Flur des sechsten Stocks kam, brach der Major in Gelächter aus und zwar auf die dämonische Art, die ihm eigen war, was die Sekretärin Vincents, eines Ingenieurs aus Touchebœufs Abteilung, beinahe in Ohnmacht fallen ließ, da diese, eine leicht ergraute Hopfenstange, überall unzüchtige Handlungen sah...

Der Major machte es sich bequem in dem geräumigen Büro von Vidal, der irgendwo im sechsten Stock unterwegs war. Er wußte bereits über die Gewohnheiten des Hauses Bescheid und war vor allem darüber informiert, daß der Weggang des Barons in die unteren Stockwerke das Signal für einen allgemeinen Aufbruch seiner Stellvertreter bedeutete.

Er nahm den Hörer ab und rief die 24 an.

»Hallo? Mademoiselle Zizanie, bitte zu Monsieur Loustalot.«

»Jawohl, Monsieur«, antwortete eine weibliche Stimme.

Eine Minute ... und Zizanie betrat sein Büro.

»Gehen wir runter und trinken einen Himalaya«, schlug der Major vor.

Nicht weit vom Konsortium entfernt gab es eine Milch-Bar, wo man einen Haufen sehr kalter Dinge fand, die in verschie-

denen Säften schwammen, sehr köstlich waren und hoch-
trabende und aufsteigende Namen trugen.

»Aber… Mein Onkel!« wandte Zizanie ein.

»Der kann uns mal«, antwortete der Major kalt. »Gehen wir.«

Sie gingen jedoch nicht sofort. Als Pigeon und Vidal herein-
kamen, drehten sie sich diskret um, damit sich der Major in
aller Ruhe die Hose zuknöpfen konnte, und sobald auch Zizanie bereit war, schlossen sie sich ihnen an, denn sie hatten
ebenfalls Durst.

»Na?« fragte Vidal, während sie langsam die Stufen hinunter-
gingen. »Deine ersten Eindrücke?«

»Ausgezeichnet«, sagte der Major und brachte seinen Plun-
der wieder an seinen Platz.

»Na, um so besser«, lobte Emmanuel, dem Zizanie in der Tat
geeignet schien, gute Eindrücke zu hinterlassen.

Sobald sie draußen waren, bogen sie nach links ab (aber nicht
soweit wie der Major) und benutzten eine Passage, die durch
eine armierte Verglasung, deren innere Gitterkonstruktion
aus verschweißten Drähten eine Quadratmasche von seitlich
annähernd 12,5 mm darstellte, vor dem Fall der verschiedenen Meteore schützte. Es war der übliche Weg Vidals und Pi-
geons, die darauf achteten, sowohl zufällige als auch uner-
wartete und ebenso unangenehme wie eventuelle Begegnungen mit Individuen zu vermeiden, die möglicherweise aus
einer Metrostation auftauchen und außerdem zum Personal
des Konsortiums gehören könnten, wo sie vielleicht eine
Stellung innehätten, die es ihnen zu einem späteren Zeitpunkt erlauben würde, diesen beiden interessanten Persönlichkeiten diverse Scherereien zu bereiten. Außerdem hatte
das den Vorteil, den Weg in die Länge zu ziehen.

In der Passage wimmelte es nur so von Buchhandlungen,
und dieser zusätzliche Vorteil erhöhte noch den Reiz des
heimlichen Weges.

In der Milchbar bereitete ihnen eine etwas rothaarige und
nicht schlecht gebaute Serviererin vier Schüsseln mit Eis zu.

Und hierauf entdeckte Emmanuel André Vautravers. Sie waren Schulfreunde gewesen und hatten sich früher einmal gemeinsam auf den Hauptschulabschluß vorbereitet.

»Wie gehts, alter Junge?« rief Vautravers.

»Und dir?« antwortete Pigeon. »Aber das brauche ich dich gar nicht erst zu fragen; wie ich sehe, gehen die Geschäfte gut.«

Vautravers trug in der Tat einen prachtvollen neuen Anzug und helle Wildlederschuhe.

»Die Delegation bringt wohl allerhand ein«, fuhr Emmanuel fort.

»Ich kann nicht klagen«, gab Vautravers zu. »Und du, was verdienst du?«

Leise nannte Emmanuel ihm eine Zahl.

»Aber Junge«, brüllte Vautravers, »das ist ja lächerlich… Hör zu, ich habe jetzt soviel Einfluß in der Delegation, daß ich bei Kommissar Requin eine Gehaltserhöhung für dich durchsetzen kann. Er braucht deinem Generaldirektor nur ein Wort zu sagen… Dann klappt das schon… Verstehst du, es ist einfach unannehmbar, daß zwischen unseren beiden Gehältern ein solcher Unterschied besteht…«

»Ich danke dir, alter Junge«, sagte Emmanuel. »Trinken wir einen?«

»Nein, entschuldige bitte, ich treffe mich mit Kumpels, die auf mich warten… Auf Wiedersehen, alle zusammen.«

»Na ja!« sagte der Major, als Vautravers gegangen war, »wenn ich recht verstehe, eine interessante Bekanntschaft?«

»Ziemlich interessant«, gab Emmanuel zu.

»Wenn Sie nichts dagegen haben«, unterbrach Vidal, »könnten Sie sich vielleicht ein bißchen beeilen, denn…«

»Es besteht die Gefahr, daß Miqueut wieder heraufkommt«, ergänzte der Major.

»Nein«, sagte Vidal, »das ist es nicht, aber ich möchte sehr gern noch einen kleinen Gang zu meinem Stammbuchhändler machen.«

6 Seit einem Monat gehörte der Major bereits zu Miqueuts Abteilung, aber seine Herzensangelegenheiten machten keine Fortschritte. Er wagte es nicht, mit dem Onkel über seine Neigung zur Nichte zu sprechen.

Der besagte Onkel dachte an nichts anderes als an die erste Sitzung der Hauptkommission für die Parties, die stattfinden sollte, um das Nothon-Projekt des Majors zu überprüfen. Alles war bereit.

Die vorschriftsmäßig durchgesehenen, abgezogenen und gefalzten Matrizen.

Die Illustrationen, die dazu bestimmt waren, wie Miqueut gesagt hätte, »ein korrektes Verstehen der Dispositionen des Projekts zu erlauben«.

Die hundertfünfzig Einberufungsschreiben, die frühzeitig genug verschickt worden waren, damit man hoffen konnte, daß wenigstens neun Personen kämen.

Und schließlich die vom Major fieberhaft für den Präsidenten ausgearbeitete Gedächtnisstütze.

Der Präsident, Professor Epaminondas Lavertu, Mitglied des Instituts, war in der ganzen Welt berühmt wegen seiner Arbeiten über den samstagabendlichen Einfluß des Alkohols auf die Zeugungsfunktion der Grubenschlosser.

Die Abteilung von Madame Triquet, der Organisatorin der Sitzungen, die seit langem alarmiert war, quoll über von Verkehrsschildern, die auf den Zugängen zum Saal aufgestellt werden sollten, der von der Pariser Innung der lebensmittelmarkenfreien Marmeladenhersteller zuvorkommenderweise zur Verfügung gestellt worden war.

Eine Stunde vor der Sitzung hüpfte der Major wie eine Ziege in den Fluren und auf den Treppen herum, wobei er alles überprüfte, die Akten zusammenstellte, die Schriftstücke durchlas, um eventuellen Neugierigen antworten zu können und sich versicherte, daß alles stimmte.

Als er in sein Büro zurückkam, blieben ihm kaum noch zehn Minuten. Er wechselte schnell das Hemd, ersetzte seine Brille mit dem hellen Gestell durch einen schwarzen Zwicker aus gestanztem Hartgummi, der seriöser wirkte und ergriff einen Block, um einen detaillierten Bericht über die Sitzung aufzunehmen.

In der Tat verlangte Hauptunteringenieur Léon-Charles Miqueut, daß die Diskussionen vollständig mitstenographiert wurden, doch verbot er im Prinzip seinen Stellvertretern, die mit der Niederschrift des Protokolls beauftragt waren, dieses Stenogramm zu benutzen, dessen Übertragung mehrere Tage dauerte und zu umfangreichen Packen Makulatur führte, deren sich niemand je bediente.

Der Major warf einen schnellen Blick zu seinem Chef hinüber und stellte fest, daß er hinuntergegangen war. Er erinnerte sich, daß der Generaldirektor an der Sitzung teilnehmen sollte: bei diesen Anlässen gingen Miqueut und Touchebœuf lange vor der Zeit bei ihm vorbei, um ihm zu erklären, was er nicht sagen durfte. In der Tat passierte es dem Direktor häufig, daß ihn der Rausch des Tribunen packte und er so vernünftige Gedanken vorbrachte, daß die Kommission schlicht und einfach die vorgelegten Nothon-Projekte verwarf.

Ohne auf Miqueut zu warten, begab sich der Major geradewegs in den Sitzungssaal. Zizanie war ihm schon vorausgegangen. Sie sollte mitstenographieren.

Um den Tisch herum saßen verstreut einige Mitglieder der Kommission. Andere hingen in der Garderobe ihren Hut auf, tauschten tiefsinnige Betrachtungen über aktuelle Themen aus. Es kamen zu diesen Sitzungen immer die gleichen, die sich alle kannten.

Es erschien der Generaldirektor, gefolgt von Miqueut, der, die Nase in der Luft, den guten Sitzungsgeruch schnupperte. Im Vorübergehen wurde dem Major die Ehre eines Händedrucks zuteil und Schlag auf Schlag wurde er dem Präsidenten Lavertu und einigen unbedeutenderen Persönlichkeiten vorgestellt.

Vierundzwanzig von hundertneunundvierzig geladenen Personen waren da, so daß der Generaldirektor, entzückt über diesen noch nie dagewesenen Erfolg, sich die Hände rieb.

Dann trat der Hauptdelegierte Requin auf, begleitet von Drehwurm, beide ausgerüstet mit würdigen Lederaktenmappen. Hauptunteringenieur Miqueut, der sich in Bücklingen erging, ließ den zweiten allein sich durchwursteln und führte den ersten zur Tribüne.

In der Mitte der Präsident. Zu seiner Rechten der Delegierte, dann der Generaldirektor. Zu seiner Linken Miqueut, dann der Major.

Irgendwo im Saal Drehwurm, dem es nicht gelungen war, an Zizanie heranzukommen.

Eine Stenotypistin ließ jeden seine Unterschrift in eine Anwesenheitsliste setzen. Das verworrene Tohuwabohu verrückter Stühle und undeutlichen Gemurmels wurde schwächer, beruhigte sich dann und der Präsident, die vom Major vorbereitete Gedächtnisliste zu Rate ziehend, eröffnete die Sitzung.

»Meine Herren, wir haben uns heute hier versammelt, um im Hinblick auf seine eventuelle Überweisung an die öffentliche Beratung ein Nothon-Vorprojekt über Parties zu überprüfen, von dem Sie, wie ich glaube, alle ein Exemplar erhalten haben. Dieses Schriftstück erschien mir sehr interessant, und so möchte ich Monsieur Miqueut, der das sehr viel besser kann als ich, bitten, Ihnen das eingeleitete Verfahren und … äh … die Ziele dieser Sitzung darzulegen …«

Miqueut spuckte Schleim, um sich zu räuspern.

»Nun … Meine Herren, nicht wahr, es ist das erste Mal, daß die Kommission für die Parties, bei der Sie alle wohlwollenderweise mit von der Partie sind …«

»Ohne Wortspiele«, unterbrach ihn mit einem breiten Lachen der Generaldirektor.

Die Kommission würdigte diskret diesen humoristischen Zug und Miqueut fuhr fort:

»Ich möchte Sie also noch einmal daran erinnern... äh... daß diese Kommission auf Verlangen zahlreicher Konsumenten und in Übereinstimmung mit dem Herrn Generaldelegierten der Regierung, Requin, der diese erste Sitzung freundlicherweise mit seiner Anwesenheit beehrt, konstituiert worden ist... und zunächst werden wir Ihnen die Liste der Mitglieder der Kommission vorlesen.«

Er gab dem Major ein Zeichen, der in einem Rutsch und auswendig die ganze Liste mit den hundertneunundvierzig Mitgliedern aufsagte.

Diese Leistung machte großen Eindruck, und die Atmosphäre erstrahlte in besonderem Glanz.

»Hat die Kommission zu dieser Liste irgendwelche eventuellen Anregungen oder irgendwelche Änderungen vorzuschlagen?« fuhr Miqueut sogleich in seinem reinsten Französisch fort.

Niemand antwortete und er sprach weiter.

»Nun, meine Herren, ich werde, bevor wir uns das Schriftstück SP Nr. 1 näher ansehen, nicht wahr... äh, für, letztendlich, ganz besonders den Personenkreis, der mit unseren Arbeitsmethoden nicht vertraut ist, das vom Konsortium bei der Ausarbeitung eines neuen Nothons eingeschlagene Verfahren...«

In großen Zügen und in einem sehr persönlichen Stil zeichnete Miqueut den Gang der Operationen nach. Fünf Personen, darunter ein Generalinspekteur, der sich, niemand weiß wie, in den Saal eingeschlichen hatte, schliefen rücksichtslos ein.

Als er schwieg, ertönte die vollständigste Stille.

»Nun, meine Herren«, fuhr Miqueut fort, der seine Einleitungen wenig variierte, »wenn Sie einverstanden sind, machen wir uns jetzt Punkt für Punkt an die Überprüfung des Schriftstücks... äh... das Gegenstand dieser Sitzung ist.«

Bei diesem Stand der Dinge stand Drehwurm diskret auf und

[131]

flüsterte dem Generaldelegierten etwas ins Ohr, der mit einem Kopfnicken zustimmte.

»Ich schlage vor«, sagte der Delegierte, »daß der Referent dieser wichtigen Untersuchung sie uns selber vorliest. Wer ist das, Monsieur Miqueut?«

Verwirrt antwortete Miqueut nur mit einem undeutlichen Brummen.

»Ich möchte Sie daran erinnern«, sagte der Generaldirektor, glücklich, eine Rede schwingen zu können, die er bestens kannte, »daß nach dem Wortlaut der vorläufigen Dienstvorschrift vom fünften November neunzehnhundertsoundsoviel die Ausarbeitung der Nothon-Vorprojekte entweder den in jedem Profi-Komitee konstituierten Unifikations-Büros oder dem von den technischen Kommissionen der C.N.U. designierten Referenten obliegt und deren Bildung und Zusammensetzung der Zustimmung des betroffenen Staatssekretärs bedürfen.«

Die Anwesenden, die jetzt alle halb vor sich hindösten, folgten der Diskussion nicht mehr.

»Ich erlaube mir meinerseits daran zu erinnern«, sagte Fromental, nachdem er mit einer Gebärde um das Wort gebeten hatte, »daß die Mitglieder oder die Ingenieure des Konsortiums unter keinen Umständen an die Stelle der besagten technischen Kommission treten dürfen.«

Er warf dem Major einen so giftigen Blick zu, daß das Hartgummigestell seines Zwickers an drei Stellen zersetzt wurde. Nebenbei zerbrach die Mine von Zizanies Bleistift glatt und sauber.

Kalter, übelriechender Schweiß bedeckte die mageren Schläfen Miqueuts. Die Situation war kritisch.

Und der Major stand auf. Er schickte seinen Monokularfeldstecherblick über die Anwesenden und sprach in diesen Worten:

»Meine Herren, ich bin der Major. Ich bin Ingenieur bei der C.N.U. und Autor des Projekts SP Nr. 1.«

Fromental triumphierte.

»Das Projekt SP Nr. 1«, fuhr der Major fort, »stellt eine beachtliche Arbeit dar.«

»Das ist hier nicht die Frage«, unterbrach ihn Requin, aufgebracht durch dieses Geschwätz.

»Nun«, sprach der Major weiter,

»1.) Als ich sie in Angriff nahm, war ich noch nicht Ingenieur bei der C. N. U. Der Bericht über den Besuch, den ich Monsieur Miqueut abgestattet habe und der in der Akte SP abgelegt ist, bezeugt das.

2.) Ich wurde bei der Ausarbeitung dieses Projekts von einem Vertreter der Konsumenten und Produzenten unterstützt, der Parties organisierte, um daran teilzunehmen. Die technische Kommission wurde also, wenn auch im verkleinerten Maßstab, ins Leben gerufen.

3.) Ich möchte den Herrn Generaldelegierten der Regierung respektvoll darauf hinweisen, daß das Schriftstück SP Nr. 1 gemäß dem Nothon-Plan erstellt worden ist.«

Das Auge des Delegierten leuchtete auf.

»Sehr interessant!« meinte er. »Sehen wir uns das einmal an.«

Er vertiefte sich in die Lektüre des Schriftstücks. Große Hoffnungsseufzer füllten die Brust Miqueuts und kamen in langsamen Spiralen aus seinem halbgeöffneten Mund.

»Diese Untersuchung«, sagte der Delegierte und hob dabei den Kopf, »scheint mir vollkommen zu sein und in allen Punkten dem Nothon-Plan zu entsprechen.«

Die Mitglieder der Kommission, den Blick in verschwommene Fernen gerichtet, verharrten unter dem Zauber, den die sanfte Stimme des Majors verbreitete, reglos.

Die Atmosphäre verdichtete sich und teilte sich in verbogene und leicht gewellte Lamellen.

»Nun, da kein Einwand erhoben wird«, sagte der Delegierte, »glaube ich, Herr Präsident, daß wir das Projekt ohne Abänderung der Öffentlichen Beratung zuleiten können. Um so

mehr, als die Anordnung nach dem Nothon-Plan die Lektüre
ganz besonders einfach macht.«

So stark biß sich Fromental in die Unterlippe, daß er wie ein
Tapir blutete.

»Herr Delegierter«, schloß Präsident Lavertu, der es eilig
hatte, zu seiner kleinen Freundin in einer Jazz-Bar zu kommen, »ich bin völlig Ihrer Meinung, und ich sehe, daß nichts
mehr auf der Tagesordnung steht. Meine Herren, ich danke
Ihnen für Ihre Aufmerksamkeit. Wir können die Sitzung aufheben.«

Die Worte »die Sitzung aufheben« hatten eine magische Re-
sonanz und unter bestimmten günstigen Wirkungsverhält-
nissen vermochten sie die Generalinspekteure aufzuwecken.
Der Delegierte blieb in einer Ecke bei Miqueut stehen.

»Dieses Projekt ist ausgezeichnet, Monsieur Miqueut, ich
nehme an, Sie hatten ihre Hand da mit im Spiel?...«

»Mein Gott«, sagte Miqueut und lächelte bescheiden, was
nicht so gefährlich war, weil seine Zähne auf diese Weise bedeckt blieben... »es ist von meinem Stellvertreter, Monsieur
Loustalot, ausgearbeitet worden... im Grundprinzip...«

Nachdem die Gefahr vorüber war, bekam er wieder Auf-
trieb.

»Ich weiß Bescheid«, sagte der Delegierte. »Sie sind immer
bescheiden, Monsieur Miqueut... es tut mir leid, daß ich vorhin diese Diskussion ausgelöst habe, da sie völlig unbegrün-
det war, aber ich bekomme so viele Schriftstücke, daß ich nie
die Zeit habe, sie zu lesen und die Andeutungen Drehwurms
– der ein Anfänger und folglich übereifrig und entschuldbar
ist – erschienen mir... kurzum, der Zwischenfall ist erledigt.
Auf Wiedersehen, Monsieur Miqueut.«

»Auf Wiedersehen, Monsieur, viel Vergnügen, und vielen
Dank für Ihre Liebenswürdigkeit...«, sagte Miqueut mit er-
hobener Nase, wobei er wie einen Pflaumenbaum die Hand
des Delegierten schüttelte, der sich entfernte, gefolgt von
dem kraftlosen Fromental. »Auf Wiedersehen, Herr Präsi-

dent, viel Vergnügen… Auf Wiedersehen, Monsieur… Auf Wiedersehen, Monsieur…«

Der Saal leerte sich langsam. Der Major wartete, bis alle hinausgegangen waren, dann folgte er seinem Chef auf dem Fuß und ging wieder in den sechsten Stock des Konsortiums hinauf.

7 »Er sah ja doch verdammt schlecht aus«, sagte Zizanie mit einem Hauch Mitleid in der Stimme.

Es war am Nachmittag des gleichen Tages. Der Major und seine Maus hielten sich in der Höhle Miqueuts auf, der gerade zum Kartenspiel hinuntergegangen war. Der Major zitterte vor Erregung. Er hatte die Schlacht gewonnen und gedachte, Nutzen daraus zu ziehen. Alles sprach dafür, daß Miqueut wohl oder übel seine Verdienste anzuerkennen wüßte. Daher lag ihm im Augenblick wenig an Fromental.

»Er hat genau das, was er verdient!« sagte er. »Der wird sich in Zukunft hüten, Streit mit mir anzufangen, dieser Halunke, dieser Belukenschischnuf.«

Diese Hindustani-Ausdrücke, mit denen er seine Reden durchwirkte, waren für Zizanie eine unversiegbare Quelle des Entzückens.

»Sei nicht so streng, mein Liebling«, sagte sie. »Du solltest dich mit ihm versöhnen. Er hat immerhin ein SP.«

»Ich auch«, sagte der Major, »und ich bin viel reicher als er.«

»Das tut nichts zur Sache«, sagte Zizanie. »Das Ganze bekümmert mich. Im Grunde hat er ein gutes Gemüt.«

»Woher willst Du das wissen?« sagte der Major. »Na gut! Ich will dir das nicht abschlagen. Ich werde ihn noch heute zum Mittagessen einladen. Bist du jetzt zufrieden?«

»Aber, es ist drei Uhr… Du hast doch schon zu Mittag gegessen…«

»Eben!« folgerte der Major. »Dann werden wir ja sehen, ob er konziliant ist.«

Fromental, der telefonisch befragt wurde, nahm sofort an. Auch er hatte es eilig, den Streit beizulegen.

Der Major verabredete sich mit ihm für halb vier in seiner gewohnten Milchbar. Sie kamen um vier Uhr gleichzeitig an.

»Zwei dreifache Himalayas für hundert Francs!« bestellte der Major an der Kasse und legte die notwendigen Brotmarken und das Geld hin.

Fromental wollte seinen Anteil bezahlen, aber der Major durchbohrte ihn mit dem Blick, der scheppernd auf die Fliesen fiel, wo er ihn mit seinem Seidentaschentuch vorsichtig wieder aufhob.

Sie setzten sich auf die hohen, mit Kunstleder bezogenen Schemel und begannen an ihrem Eis zu schlecken.

»Ich glaube, es wird einfacher sein, wenn wir uns duzen«, sagte der Major geradeheraus. »Was hast du gerade getan?« Die Frage brüskierte Fromental.

»Das geht dich nichts an!« antwortete er.

»Nun ereifere dich mal nicht«, fuhr der Major fort und drehte ihm mit vollendeter Geschicklichkeit das linke Handgelenk um. »Sag schon.«

Fromental stieß ein schrilles Geheul aus, das er für einen Hustenanfall auszugeben sich bemühte, als er sah, daß er in den Mittelpunkt der allgemeinen Neugierde geriet.

»Ich habe Verse gemacht«, gestand er schließlich.

»Magst du das?« fragte der Major erstaunt.

»Wahnsinnig gern…«, seufzte Fromental und sah dabei mit ekstatischem Ausdruck zur Decke, während sein Adamsapfel wie ein Stehaufmännchen auf und ab ging.

»Magst du das ?« sagte der Major und er deklamierte:

Und die lästigen Winde stammelten die alte Leier
Beim geheimnisvollen Sprung des westlichen Toten…

»Unwahrscheinlich gut!« sagte Fromental und begann zu weinen.

»Kanntest du sie nicht?« fragte der Major.

»Nein!« sagte Fromental schluchzend. »Ich habe in meinem ganzen Leben nur einen einzigen Band von Verhaeren gelesen.«

»Ist das alles?« fragte der Major.

»Ich habe mich nie gefragt, ob es noch andere gibt...«, gestand Fromental. »Ich bin nicht neugierig und es fehlt mir ein wenig an Initiative, aber ich hasse dich... Du hast mir meine Liebste weggenommen...«

»Zeig mir, was du vorhin gemacht hast!« befahl der Major.

Fromental zog schüchtern ein Blatt Papier aus der Tasche.

»Lies!« sagte der Major.

»Ich trau mich nicht!...«

»Dann lese ich es!« sagte der Major, der mit einer wunderbar klangvollen Stimme zu deklamieren begann:

DIE PHÄNOMENALEN ABSICHTEN

Der Mann an seinem Schreibtisch schrieb,
Eilig und voll steriler Wut.
Er schrieb, die Spinne seiner Feder
Spulte den Faden ab der starren Wörter.

Als dann die Seite voll war,
Drückt, Peng! er mit dem Finger auf den Knopf.
Auf ging die Tür, ein Bote kam herein. Bizarr!... Eine Mütze?

Schnell! Telegraph! Zwanzig Francs.

Zwei Beine hoben sich und senkten sich, Füße
Wie ein Eichhörnchen. Die Pedalen...
Bremse. Schalter. Formular. Es ist schon weg.
Zwanzig Francs verdient. Kam schlendernd nun zurück.

Und Kilometer an Leitung, Kilometer,
Bergauf bergab, wie die Füße
Entlang der Züge, doch horizontal.
Nicht wie die Züge.

[137]

Kilometer an Telegraphenleitungen
Und darin Wörter, die an den Ecken,
Wo der Mast verstärkt ist, sich verklemmten.
Er muß eben halten.

Dreihunderttausend Kilometer…
Aber in einer Sekunde? Was für ein Witz!
Ja, gäbe es nicht alle diese Spulen,
Alle diese Spulen, diese verfluchten Wortfallen.

In seinem Büro las, erleichtert,
Im Munde eine Zigarre haltend,
Der Mann den »Illustrierten Sonntag«.

Kilometer, Kilometer an Telegraphenleitungen,
Und Drosseln, in denen die Wörter, verloren,
Sich krümmten wie Verdammte
In einer Hölle oder Mäuse
In einem alten Krug aus blau emailliertem Eisen…

In seinem Büro raucht er die Zigarre auf,
Erleichtert, denn in einigen Stunden
Hätte er Nachrichten von Dudule.

»Nicht schlecht«, sagte der Major nach einer Stille, »aber man spürt die Nachwirkungen und den Einfluß deiner Lektüren. Oder besser deiner Lektüre… Ein einziger Band Verhaeren…«

Sie wußten beide nichts von dem Treiben der Serviermädchen der Milchbar, die sich zusammen hinter der Theke aufgestellt hatten, um besser zu hören.

»Machst du auch Verse?« fragte Fromental. »Wenn du wüßtest, wie ich dich hasse!«

Er rieb sich nervös die Schienbeine.

»Warte!« sagte der Major. »Hör dir das an…«

Er deklamierte von neuem:

[138]

An den Füßen grüne Schuh', das Béret auf dem Kopf,
In seiner linken Tasch' ein kleines Fläschchen Fusel,
Es lebte Harmaniac der Säufer stets im Dusel,
Er trank und hurte nur und ging mal auf den Topf.

Er war geboren dort nahe an Frankreichs Küsten,
Wo selbst die Sonne noch nach Knoblauch furchtbar stinkt.
Und weil er Dichter war und sonst auch ungeschminkt,
Hielt nichts von Arbeit er, doch viel von prallen Brüsten.

Von fünf geschickten Mädchen wurde er gut versorgt
Dieweil sein wacher Geist an hehren Ufern schwebte,
Schrieb seine Verse er, die er an Wände klebte,
Wo Weinbeseelte lagen, die sich ihr Glück geborgt.

Und seine Schläuche die, gefüllt mit starkem Schnaps
Nachts sich entspannten dann in mächtig hohen Sätzen.
Gleich einem Hengst in Brunst, den wir auf Stuten hetzen,
Schob seine Nummern er, gab dann dem Gör nen Klaps.

II

Die grüne Krankheit kommt mit eiternden Geschwüren,
Die fahle Syphilis, das Auge schwarz umringt,
Als er im Bette liegend die Bumserei besingt,
Mit supergeilen Bienen, die liebend ihn verführen.

Der Schmerz der Krankheit ist viel schlimmer als gedacht,
Weil sie den Manne trifft bei glühendheißen Spielen*
Harmaniac todkrank, hing bläßlich in den Sielen,
Von Geistern bitterbös total zur Sau gemacht.

Die Tabes nahm Besitz von seinen müden Gliedern,
Er trieb dahin, verfault, dann kam die Analyse,
Sie nützte nichts, was blieb, war nur die Paralyse...
Doch Hoffnung gab es noch für ihn bei Seifensiedern.

* Professor Marcadet-Balagny, Études cliniques.

Er konnte Heilung finden. Und Ärzte Tag für Tag,
Sie gaben Spritzen ihm, durchwalkten ihn mit Salben.
Machten Arzneien ihm vom Kote junger Schwalben,
Daß sein vergiftet Blut regenieren mag.

III

Indes die Verse, die in seinem Hirn verkrochen,
Sie kamen nicht heraus, weil es an Stimme fehlt
dem Dichter, der gelähmt und halb auch schon entseelt,
Sie waren aber stark und völlig ungebrochen.

Alexandriner sinds mit zwölf und dreizehn Ringen
Achtsilber auch, die wild sich winden hin und her.
Die ungeraden Verse, schmal, spitz und etwas leer,
Sie waren ständig da, der Haufe ließ sich zwingen

Vom Zentrum des Gehirns zum Rande seines Schädels
War nur ein Chaos noch, das ekelhaft und sterblich,
Der Verse rotes Aug' schoß Flammen, die verderblich
Und nicht zu löschen sind mit Hilfe eines Wedels.

IV

Harmaniac hielt stand. Kein Prosaschreiber hätte
Sich so zur Wehr gesetzt dem unheilvollen Sturm,
Der Dichter nämlich ist gemacht vom Himmelswurm,
Daß er auch hirnlos lebt. Die Ärzte mit Pinzette

Sie wühlten nach wie vor in seiner Wunden Eiter,
Jedoch die Verse all gaben nicht Rast noch Ruh,
Sie wuchsen fort und fort, vermehrten sich im Nu.
So platzte Harmaniac, es war mitnichten heiter,

Er wurde plötzlich steif, lag dann für immer still,
Das Volk, es wich zurück, entblößt dabei das Haupt,
Es war der Trauer voll, hätt' sowas nie geglaubt.
Ein Mann trat näher her, es war schon bald April,

Sanft legt er seine Hand dem Toten auf die Brust,
Es pocht immer noch, sagt er, nimmt fort das Tuch,
Darauf erschien der Vers, es war fast wie ein Fluch,
War es nicht gar ein Wurm, nagt ihm am Herz mit Lust...

Die Stimme des Majors war zunehmend leiser geworden, um
das Entsetzen des letzten Verses hervorzuheben. Fromental
wälzte sich schluchzend am Boden. Die Serviermädchen waren eine um die andere wie die Fliegen in Ohnmacht gefallen,
aber zum Glück gab es um diese Stunde des Nachmittags nur
sehr wenige Gäste, und zwei Krankenwagen, die vom Major
alarmiert worden waren, genügten, um die gesamten Opfer
wegzuschaffen.
»Du solltest nicht!« wimmerte Fromental bäuchlings in den
Sägespänen und hielt sich den Kopf mit beiden Händen.
Er sabberte wie eine Schnecke.
Der Major, der ebenfalls ein wenig gerührt war, hob seinen
Rivalen wieder auf.
»Haßt du mich immer noch?« fragte er ihn sanft.
»Du bist mein Meister!« sagte Fromental und hob seine bei-
den in Form eines Kelchs umgedrehten Hände hoch über
seinen Kopf, wobei er sich vor ihm niederwarf, was bei den
Hindus ein sicheres Zeichen der Verehrung ist.
»Bist du in Indien gewesen?« fragte der Major beim Anblick
dieser seltsamen Operation.
»Ja«, antwortete Fromental... »Als ich ganz jung war.«
Der Major spürte, wie sein Herz von Liebe erfüllt wurde zu
diesem fernen Reisenden, der so viele Neigungen mit ihm
gemeinsam hatte.
»Ich mag auch deine Verse«, sagte er zu ihm. »Laß uns Brüder
sein statt Rivalen.«
Er hatte das im *Almanach Vermot* gefunden.
Fromental stand auf, und die beiden Männer küßten sich
zum Zeichen der Zuneigung auf die Stirn.
Dann verließen sie die Milchbar, wobei sie sorgfältig die Tür

abschlossen, denn es blieb keine lebende Person mehr im Schankraum. Der Major händigte im Vorübergehen den Schlüssel der Verkäuferin aus, die draußen stand (und dort die Sandwichs an den Mann brachte), von Geburt an taubstumm war und folglich nicht gelitten hatte.

8 Gegen Ende des Abends kroch der Major langsam in Richtung auf Miqueuts Tür.

Gemäß seinen Anweisungen hatten Vidal und Emmanuel die Telefonleitungen durchgeschnitten und ihm so eine ziemlich lange Zeit der Ruhe gesichert. Daher hatte sich Miqueut seit einer halben Stunde nicht mehr gerührt.

Der Major erreichte die Tür, richtete sich auf, klopfte an und trat in Nullkommanichts ein.

»Ich hätte Sie um was zu bitten, Monsieur«, sagte er.

»Kommen Sie nur herein, Monsieur Loustalot. Das Telefon läßt mich gerade ein wenig in Ruhe.«

»Es ist wegen dieser Sitzung von heute morgen«, sagte der Major und unterdrückte einen Schluckauf der Freude bei dieser Bemerkung.

»Ach, ja!... Eigentlich sollte ich Sie beglückwünschen, diese Sitzung war im Grundprinzip recht gut vorbereitet...«

»Mit einem Wort«, sagte der Major, »ich habe wenigstens Ihren Einsatz gerettet.«

»Monsieur Loustalot, ich möchte Sie daran erinnern, nicht wahr, daß Sie mir im Grundprinzip eine gewisse Ehrerbietung schulden...«

»Ja«, unterbrach ihn der Major, »aber schließlich würden Sie ohne mich in der Tinte sitzen.«

»Das stimmt«, gestand sein Gesprächspartner bezwungen ein.

»Es gibt überhaupt keinen Zweifel«, trumpfte der Major auf. Miqueut antwortete nicht.

»Meine Belohnung!« brüllte der Major.

»Was wollen Sie damit sagen? Eine Gehaltserhöhung? Die bekommen Sie natürlich, mein lieber Loustalot, nach Ihrer dreimonatigen Probezeit... Ich werde zusehen, daß Sie, nicht wahr, im Rahmen der beschränkten Mittel des Konsortiums zufriedengestellt werden...«

»Das ist es nicht!« sagte der Major. »Ich will die Hand Ihrer Nichte.«

»?...?...?...«

»Ja, ich liebe sie, sie liebt mich, sie begehrt mich, ich begehre sie, wir werden heiraten.«

»Sie werden heiraten?« sagte Miqueut. »Sie werden heiraten...«, fügte er laut hinzu, verblüfft. »Aber was habe ich denn damit zu tun?«

»Sie sind ihr Vormund«, sagte der Major.

»Das stimmt, im Grundprinzip«, pflichtete der andere bei, »aber, nicht wahr, äh ... an und für sich habe ich den Eindruck, daß Sie etwas überstürzt handeln... Das wird sich mit Ihrer Arbeit nicht so einfach vereinbaren lassen. Es wird Sie ... mindestens vierundzwanzig Stunden Abwesenheit kosten ... und bei der Masse an Dingen, die wir im Augenblick zu erledigen haben... Sie müßten zusehen, daß alles an einem Morgen ... oder an einem Nachmittag ... erledigt wird... Ein Samstagnachmittag wäre natürlich wunderbar, nicht wahr, denn an und für sich wären Sie auf diese Weise letztendlich nicht gezwungen, Ihre Arbeit zu unterbrechen...«

»Selbstverständlich«, stimmte der Major zu, der nicht die Absicht hatte, nach seiner Heirat noch einmal einen Fuß in die C.N.U. zu setzen.

»Aber im Grundprinzip, nicht wahr, würde meine Nichte doch als Sekretärin hier bleiben?« sagte Miqueut mit einem gewinnenden Lächeln. »Oder aber, ich sehe da noch eine andere Lösung... sie würde zu Hause bleiben, und um sich zu zerstreuen – selbstverständlich ohne Bezahlung, da sie ja dann nicht mehr zum Konsortium gehört – könnte sie Ihre Schriftstücke tippen, ohne daß sie im Grundprinzip ... ihre Wohnung verläßt ... Hin ... Hin ... und sie hätte damit ihre Beschäftigung ...«

»Das wäre sehr wirtschaftlich«, sagte der Major.

»Also gut, hören Sie zu, völlig einverstanden ... Das geht in Ordnung ... Sie haben freie Hand.«

»Danke, Monsieur«, sagte Loustalot und verließ den Raum.

»Dann bis morgen, mein braver Loustalot«, schloß Miqueut und hielt ihm eine etwas feuchte Hand hin.

9 Die Verlobung gab der Baron einige Tage später seinen Stellvertretern bekannt. Miqueut sagte Vidal und Pigeon vor den andern Bescheid, denn er sollte ihnen die Einladung Zizanies zu der aus diesem Anlaß arrangierten kleinen Feier übermitteln.

Er bestellte also Vidal in sein Büro und sagte zu ihm:

»Mein lieber Vidal, ich weise Sie darauf hin, daß ... äh ... wir ... die Familie ... auf Bitte meiner Nichte ... glücklich wäre, wenn Sie ab sieben Uhr abends zur Verlobungsfeier kommen würden ...«

»Aber Loustalot hatte mir schon gesagt, ich solle um vier Uhr kommen.«

»Ja, im Grundprinzip fängt es schon um vier Uhr an, aber ich persönlich glaube nicht, daß man sich vor sieben Uhr amüsieren wird ... Sie wissen ja, daß diese Art Feste ... äh ... an und für sich, nicht wahr ... nicht, wenn ich mal so sagen darf, sehr interessant sind ... Kurzum, ich rate Ihnen, nicht zu früh hinzugehen ... außerdem könnte Sie das auch bei der Arbeit hindern ...«

»Das ist ein Gesichtspunkt, den man sicherlich in Betracht ziehen muß«, sagte Vidal. »Wenn Sie wollen, werde ich um fünf Uhr hingehen und werde dem Konsortium nahelegen, von meinen monatlichen Bezügen eineinviertel Stunden Arbeitszeit abzuziehen.«

»Unter diesen Umständen«, sagte Miqueut, »glaube ich, wäre es natürlich prächtig… Es steht Ihnen übrigens frei, die verlorene Zeit an einem Samstagnachmittag nachzuholen…«

»Aber natürlich«, sagte Vidal, »und selbstverständlich ist es völlig unnötig, mir die Überstunden zu bezahlen… Genau genommen werden wir ja nicht auf die Stunde bezahlt.«

»Sie haben völlig recht. Wir müssen Apostel sein. Haben Sie mir nichts Dringendes zu zeigen? Ihre Sitzungen? Klappt es?«

»Ja«, sagte Vidal, »es klappt.«

»Na schön, dann danke ich Ihnen.«

Miqueut, allein geblieben, rief über das Haustelefon, das wieder repariert worden war, Pigeon zu sich.

Emmanuel erschien.

»Setzen Sie sich, mein Lieber«, sagte Miqueut. »Also… äh… ich habe Ihnen verschiedene Dinge zu sagen. Zunächst einmal möchte ich Sie darauf hinweisen, daß meine Nichte Sie bittet, um sieben Uhr nächsten Mittwoch bei ihr zu Hause an ihrer Verlobungsfeier teilzunehmen. Sie können sich ja mit Vidal absprechen, der ebenfalls hingeht.«

»Loustalot hatte was von vier Uhr gesagt…«, sagte Pigeon.

»Ja, aber, nicht wahr, wir haben bis dahin noch das Nothon-Projekt der metallenen Roudoudou-Bonbondosen zu entwickeln. Werden Sie überhaupt Zeit haben?«

»Ich denke schon«, sagte Emmanuel. »Notfalls kann ich ja früher kommen.«

»Das wäre eine ausgezeichnete Lösung. Übrigens hindert Sie im Grundprinzip nichts daran, wenn Sie viel Arbeit haben, jeden Tag früher zu kommen… Nicht wahr, wir haben so etwas wie ein Apostolat auszuüben, und sollte wirklich eines Tages, was ich mir wünsche, letztendlich ein goldenes Buch der Wohltäter unseres großen Konsortiums geschrieben werden, so müssen wir daran denken, auch die Biographie all derer darin aufzunehmen, die, nicht wahr, ihre Freuden, wie Sie mir das gerade vorgeschlagen haben, auf dem Altar der Unifikation oder Vereinheitlichung geopfert haben. Das ist übrigens keine bloße Vermutung und wäre durchaus interessant. Ich mache mich übrigens anheischig, demnächst mit dem Delegierten darüber zu sprechen. Auf jeden Fall freut mich Ihr Vorschlag, Überstunden zu machen, denn er beweist mir, daß Sie Ihre Arbeit sehr ernst und wichtig nehmen. Übrigens, was ich noch sagen wollte, ich habe eine gute Nachricht für Sie. Erinnern Sie sich an das, was ich vor einigen Monaten zu Ihnen gesagt habe: ich werde Ihnen in der C.N.U. eine Position verschaffen. Nun, dadurch, daß ich mich immer wieder beim Generaldirektor für Sie verwendet habe, ist es mir gelungen, eine Gehaltserhöhung für Sie durchzusetzen, die ab diesem Monat in Kraft tritt.«

»Vautravers hat gut gearbeitet«, dachte Emmanuel und laut sagte er:

»Ich danke Ihnen, Monsieur.«

»Nicht wahr, im Augenblick«, sagte Miqueut, »bei den augenblicklichen Schwierigkeiten denke ich, daß zweihundert Francs monatlich nicht zu verachten sind…«

Pigeon, kurz darauf erlöst, begann mit großen Schritten und einer ohnmächtigen Wut im Bauch in den Fluren hin- und herzulaufen. Er trat plötzlich bei Levadoux und Léger ein.

Verblüffung: Levadoux war da. Und von Léger keine Spur.

»Nicht abgeschoben?« fragte Emmanuel.

»Unmöglich. Léger, dieser Kretin, hat gerade angerufen, daß er heute nachmittag nicht kommen kann.«

»Und warum nicht?«

»Er trägt gerade einen Jiu-Jitsu-Kampf mit dem Kassierer der Léger-Senior-Werke aus. Dieser Schuft hat sich doch, wie es scheint, zwei Quadratdezimeter Vorkriegsgummi unter den Nagel gerissen, mit dem Victor seine Ameisenkäfige abdichtete.«

»Aus welchem Grund?«

»Um seine Schuhe neu zu besohlen!« sagte Levadoux. »Mit Gummi, wo es doch überall Holz gibt. Einfach unglaublich!«

»Aber warum protestieren Sie denn so?«

»Ja Mensch! An einem Tag, an dem Miqueut um vier Uhr abschiebt, wie es sowohl mein Block als auch mein Spion bezeugen und an dem ich mich mit … mit meiner kleinen Schwester für Viertel vor vier verabredet habe! Wenn Léger wenigstens da wäre, um zu sagen, daß ich gerade aus dem Büro gegangen bin…«

Pigeon ging schallend lachend hinaus und entfernte sich in den Fluren.

Weit fort von da wälzte sich Léger mit einem alten spitzbärtigen Mann, dem er brutal ins rechte Schulterblatt biß, in den Sägespänen.

Und Levadoux schob Bereitschaftsdienst.

10 Am Verlobungstag tauchten Pigeon und Vidal gegen halb drei nachmittags im Büro auf, schön wie Götter. Pigeon trug einen hellen Anzug von verführerischer graublauer Nuance und gelbe Schuhe, die oben drauf mit Löchern übersät waren und unten drunter Sohlen hatten. Er hatte ein makellos weißes Hemd an und eine Krawatte mit breiten, schrägen, himmelblauen und perlgrauen Streifen. Vidal hatte seinen marineblauen Jazzkeller-Anzug angezogen und einen kleinen hohen Kragen angelegt, der ihm ständig den peinlichen Eindruck verschaffte, er habe seinen Kopf versehentlich in eine zu enge Röhre gesteckt.

Die Stenotypistinnen fielen beinahe in Ohnmacht, als sie sie sahen, und Victor mußte dafür Sorge tragen, ihnen den Brustkorb ein wenig zu betätscheln, um eine normale Atmung wiederherzustellen, da sein Vater Feuerwehrhauptmann gewesen war, und das sind kompetente Männer. Nachdem er seine Hilfe gewährt hatte, war er färberdistelrosa, und sein Schnurrbart hielt sich ganz steif.

Vidal und Emmanuel taten eine Stunde lang so, als arbeiteten sie und fanden sich dann im Flur wieder, aufbruchbereit.

Beim Weggehen begegneten sie Vincent, der zufällig seinen aus einem alten Holzkohlensack geschnittenen Sonntagsanzug trug, dessen Jacke er vorübergehend und um sie nicht zu ramponieren durch ein altes Generatorfilter aus Baumwollstoff erster Wahl ersetzt hatte, in das an der Stelle der Ärmel Löcher hineingeschnitten waren. Er schob wie gewöhnlich seinen kleinen Bauch vor sich her. Er hatte kastanienbraunes und sehr schütteres Haar, und in einem lobenswerten Bemühen um Harmonie ließ er die Haut seines Schädels allmählich die gleiche Farbe annehmen. Um während der langen Winterabende eine Beschäftigung zu haben, ließ er auf seinem Gesicht eine Überfülle grüner Krusten erblühen, bei deren Berührung seine schwarzen Fingernägel sich angenehm erregt fühlten.

Vidal und Emmanuel drückten ihm vorsichtig die Hand und verließen schnell das Gebäude.

Zizanie lebte in einer schönen Wohnung, behütet von einer alten, mittellosen Verwandten, die ihr als Gouvernante diente.

Sie hatte viel Geld und betagte, entfernte Vettern. Alle diese Leute waren ihrer Einladung bereitwillig gefolgt. Auch die Früchte von Miqueuts Zweig waren da, insgesamt eine beachtliche Anzahl jener unbestimmten Individuen, die die Jugend gewöhnlich unter dem Gattungsbegriff »Verwandte« zusammenfaßt.

Die »Verwandtenempfänge« sind vom Gesichtspunkt der Jungen aus von vornherein mißlungen. Der Empfang Zizanies verstieß nicht gegen diese Regel.

Die Mütter, die von dem Grundsatz ausgingen, daß die Jugend »auf so amüsante Weise tanzt«, ließen ihre Töchter nicht aus den Augen und umgaben die Gruppe der Jungen mit einer fast unüberwindlichen Mauer. Einige kühne Paare, persönliche Freunde Zizanies (wahrscheinlich Waisenkinder), wagten es, einige Schritte eines Außenviertelswings anzudeuten. Sie mußten gleich darauf aufhören, denn der Kreis der Verwandtenköpfe zog sich so bedrohlich zusammen, daß sie ihr Heil nur dem energischen Einsatz großer Fußtritte verdankten. Entmutigt zogen sie sich zum Plattenspieler zurück; das kalte Büffet, unerreichbar, wurde von einer dichten Menge »seriöser Leute« belagert, die dunkle Anzüge trugen und gierig die von Zizanie zusammengetragenen Vorräte verschlangen, während sie mit ernsten Blicken die jungen Leute betrachteten, die schlecht genug erzogen waren, um es zu wagen, sich ein Stück Kuchen anzueignen. Es gelang einem unglücklichen Jazzfan, ein Glas Champagner ausfindig zu machen. Er wurde sogleich dank kluger, geschickter Bewegungen alter Schule zu einer widerlichen alten dick angemalten Schachtel hingelenkt, die ihm das Glas aus den Händen nahm und ihm als Gegenleistung ein klebriges Lächeln zugestand. Kaum kamen die Teller mit den Törtchen ans Tageslicht, wurden sie auch schon von den Vettern im Frack, die äußerst gefährliche Elemente sind, weggeputzt. Nach und nach gingen die »Verwandten« auf, und die Jungen, zusammengepfercht, gedemütigt, drangsaliert, in die Enge getrieben, ins Nichts gedrängt, sahen sich in die entlegensten Winkel verirrt.

Einem Freund des Majors, dem jungen Dumolard, gelang es, sich in einen kleinen Salon, der zufällig leer war, Einlaß zu verschaffen. Unbewußt und entzückt begann er anmutig mit einem kleinen Mädchen im kurzen Rock zu swingen. Zwei andere Paare schafften es, zu ihnen zu stoßen, ohne die Aufmerksamkeit auf sich zu lenken. Sie glaubten alle, sie hätten ihre Ruhe gefunden, doch es dauerte nicht lange, bis sich der beunruhigte Kopf der Mutter einer der Tänzerinnen zeigte. Fünf Sekunden später krachten die Sessel des kleinen Salons unter dem Gewicht der Frauen mit den gierigen

Blicken deren gerührtes Lächeln den Swingwalzer, dessen Akkorde im Salon nebenan nachhallten, zu einem jämmerlichen Boston verkümmern ließen.

Antioche, schwarz gekleidet (er hatte vorausgesehen wie es kommen würde), schob sich von Zeit zu Zeit dem kalten Büffet entgegen – im Dreiviertelprofil, um über sein Alter hinwegzutäuschen – und so gelang es ihm, sich einige Nahrungsstoffe zu besorgen, gerade genug, um nicht auf der Stelle zu sterben. Auch Vidal kam dank seines marineblauen Anzugs zu Rande, doch Emmanuel und die Jazzfans wurden unerbittlich überflutet.

Zizanie, in einer Gruppe alter Schachteln verborgen, die sie mit giftigen Komplimenten durchlöcherten, suchte allmählich das Weite.

Was Miqueut anging, so hatte er sich hinters kalte Büffet verdrückt, neben die Butler, wahrscheinlich um aufzupassen. Seine Kaninchenkinnbacken arbeiteten unaufhörlich. Von Zeit zu Zeit steckte er seine Hand in die Tasche, dann in den Mund und tat so, als ob er hustete, dann fingen die Kinnbacken wieder von neuem zu mahlen an. Auf diese Weise bediente er sich nicht so oft am Büffet. Es genügte, wenn er seine Tasche jede Stunde füllte. Er interessierte sich nicht sonderlich für die Anwesenden: der Kommissar war nicht da. Und niemand, von dem er ein Nothon-Projekt verlangen konnte. Und der Major war allein in seiner Ecke.

Dem Major war alles klar.

Der Major litt.

Emmanuel, Vidal und Antioche litten darunter, den Major leiden zu sehen.

Und das Fest ging weiter inmitten von Körben mit Lilien und Brasilhölzern aus Gabun, mit denen der Major die Räume gefüllt hatte.

Und die kleinen Jazzfans und ihre kleinen Gespusis verschwanden nach und nach in den Mauselöchern, denn die seriösen Leute hatten Hunger.

[150]

Und die Butler karrten dutzendweise Champagnerkisten herbei, aber der Champagner verflüchtigte sich, bevor er bei Zizanies Freunden ankam, die wie Trockengemüse zusammenschrumpften.

Darauf gab der Major Antioche ein kabbalistisches Zeichen.

Antioche sprach leise mit Vidal und mit Pigeon, und die vier Männer verschwanden in Richtung Badezimmer.

Emmanuel blieb draußen, um aufzupassen.

Es war siebzehn Uhr zweiundfünfzig.

11 Miqueut, so vollgefressen, daß er nicht mehr papp sagen konnte, und pedantischer aussehend als gewöhnlich, wenn das überhaupt möglich ist, bemächtigte sich seines Halstuchs mit den weißen Streifen, seines schwarzen Mantels und seines schwarzen Huts, und zwar um siebzehn Uhr dreiundfünfzig. Er schnappte seine Aktentasche und empfahl sich französisch. Er ging zur C. N. U., wobei er seine Frau einfach zurückließ und weiterhin kleine Stückchen Kuchen kaute.

Um siebzehn Uhr neunundfünfzig betrat Emmanuel, von einer männlichen Stimme gerufen, das Badezimmer. Er kam um achtzehn Uhr fünf wieder heraus und schickte sich an, diskret die Außentüren der Wohnung zu schließen.

Um achtzehn Uhr elf kam der Major höchstpersönlich aus dem Bad zurück und ging einige Sekunden später wieder hinein, gefolgt von sechs stämmigen Jazzfans.

Diese kamen ihrerseits um achtzehn Uhr dreizehn wieder heraus und begannen die Anwesenden nach allen Regeln der Kunst zu unterwandern.

Der Major brachte Zizanie in Sicherheit, indem er sie auf dem Klo einsperrte.

Um achtzehn Uhr zweiundzwanzig wurde die Aktion ausgelöst.

[151]

Der Aufpasser am Plattenspieler stellte den Apparat ab und versteckte die Platten unter dem Möbelstück.

Und sechs Jazzfans, die ihre Jacken ausgezogen und die Ärmel bis zum Ellbogen hochgekrempelt hatten, jeder mit einem handfesten Küchenstuhl aus massivem Buchenholz bewaffnet, gingen in einer einzigen Linie auf das kalte Büffet zu. Auf Befehl des Majors fielen die sechs Stühle mit einem dumpfen Geräusch auf die erste Reihe der Männer im Frack herab, die in diesen raschen Vorbereitungen nichts anderes hatten sehen wollen als eine lächerliche Zerstreuung der Jugend.

Drei Männer fielen betäubt zu Boden. Ein Spitzbärtiger mit einer Goldkette begann wie eine Ziege zu glucksen und wurde sogleich gefangengenommen. Zwei andere standen wieder auf und stürzten in wilder Flucht auf die Butler zu. Die zweite Reihe wurde von den besser abgestimmten Hieben der Stühle ganz niedergemäht.

Die Hilfsjazzfans blieben nicht untätig. Sich der alten Schachteln bemächtigend, brachten sie sie in die Küche, drehten sie kopfüber um und puderten ihre bärtigen Falten zum großen Mißfallen der Spinnen mit Pfeffer aus Cayenne ein.

Der vollständige Zusammenbruch der Fräcke und ihre Flucht war nur noch eine Frage von Minuten. Es gab überhaupt keinen Widerstandsversuch. Die Gefangenen wurden, nachdem sie geschert waren, die Treppe hinuntergestoßen, das Gesicht mit schwarzer Schuhwichse verschmiert. Die Weiber flohen Hals über Kopf und suchten einen Eimer mit kaltem Wasser, in den sie sich hineinsetzen konnten.

Die Toten, nicht sehr zahlreich, paßten sehr bequem in die Mülltonne.

Darauf ging der Major Zizanie holen. Mitten auf dem in Unordnung geratenen Schlachtfeld stehend, einen Arm um die Schultern seiner Gefährtin gelegt, hielt er an seine tapferen Truppen eine Ansprache.

»Meine Freunde!« sagte er. »Wir haben einen harten Kampf gekämpft. Wir haben ihn gewonnen. So gehen die zugrunde, die uns auf den Wecker gehen. Aber keine Phrasen. Zur Tat. Wir können nicht hier bleiben, das Durcheinander ist zu groß. Sammelt alle Nahrungsmittel ein und auf gehts zu einer zünftigen Partie.

»Kommt mit zu meinem Onkel!« schlug ein hübsches, dunkelhaariges Mädchen vor. »Er ist nicht da. Es sind nur die Dienstboten da.«

»Ist er verreist?« fragte der Major.

»In der Mülltonne!« antwortete das Mädchen. »Und meine Tante kommt erst morgen abend aus Bordeaux zurück.«

»Wunderbar. Auf, meine Herren, ans Werk. Zwei Männer für den Plattenspieler. Einer für die Schallplatten. Zehn für den Champagner. Zwölf Mädchen für die Kuchen. Die übrigen tragen das Eis und die Schnapsflaschen. Ich gebe euch genau fünf Minuten.«

Und fünf Minuten danach verließ der letzte Jazzfan Zizanies Wohnung, unter einem riesigen Stück Eis, das ihm im Halsausschnitt schmolz, fast zusammenbrechend.

Antioche schloß die Tür zweimal ab.

Der Major ging an der Spitze seiner Truppen. An seiner Seite Zizanie. Hinter ihm sein Stab (Hi! Hi!).

»Auf zum Onkel«, brüllte er.

Er warf einen letzten Blick hinter sich, und der Zug stürmte mutig auf den Boulevard.

Bei der Nachhut tröpfelte das Eis…

ENDE DES DRITTEN TEILS

Vierter Teil
Die Leidenschaft für Jitterbugs

1 Der Onkel bewohnte in der Avenue Mozart die zweite Etage eines luxuriösen Wohnhauses aus Kalkstein. Die Wohnung war geschmackvoll mit exotischem Nippes möbliert, der von einer fernen Expedition ins Herz der mongolischen Savanne stammte. Merowingische Teppiche mit hoher Wolle, die (wie die Katzen) Mitte August geschert wurden, dämpften die Reaktionen des Fußbodens aus getriebenem Eichenholz. Alles trug dazu bei, aus dem Ganzen ein gemütliches und komfortables Home zu machen.

Als die Concierge den Verband des Majors kommen sah, verschanzte sie sich in ihrer Loge. Die Nichte, Odilonne Duveau, da man sie bei ihrem Namen nennen muß, betrat kühn dieses Widerstandsnest und nahm die Verhandlungen mit der Besetzerin auf. Eine Banknote von fünf Möpsen, im passenden Augenblick zugeschoben, schliff die rauhen Kanten der Unterredung ab, die mit einem imponierenden Defilé auf der mit einem dicken Teppich belegten Steintreppe endete. Die Karawane machte vor der Tür von Odilonnes Oheim halt, und die Nichte führte in das Schloß, das sich ganz dazu anbot, den phalloiden Stiel eines bronzenen Aluminiumschlüssels. Durch das mal alternative, mal kombinierte Wirken antagonistischer federnder und treibender Kräfte, begann der Riegel in der gewünschten Richtung die große Arie aus Aida zu spielen. Die Tür ging auf. Der Zug setzte sich erneut in Bewegung, und der letzte Jazzfan, der in Anbetracht der Eisschmelze nichts mehr trug, schloß sorgfältig den Türflügel und sperrte zweimal ab.

Antioche gab einige schnelle Anweisungen, und der Einfluß seines Organisationsgenies führte innerhalb von etwa sechs Minuten zur Aufstellung der gesamten Geräte.

Darüber hinaus fand man unter den Vorräten des Onkels ganze Kisten mit Cognac, deren Entdeckung den Major in grenzenloses Entzücken versetzte. Die zweiundsiebzig Flaschen kamen zu dem übrigen Proviant, den man von Zizanie mitgebracht hatte.

Die anonyme Menge der Jazzfans machte sich eifrig in den Salons zu schaffen, rollte die Teppiche auf, verrückte die Möbel, leerte die Zigarettenschachteln in die geeignetsten Taschen, bereitete den Tanz vor.

Der Major versammelte seine Braut, Antioche, Vidal und Pigeon zu einem dringenden Kriegsrat.

»Der erste Teil unserer Aufgabe ist erledigt. Es bleibt uns nur noch, dieser Veranstaltung den großartigen Glanz zu verleihen, den sie unbedingt haben muß. Was schlagt ihr vor?«

»Wir sollten Levadoux anrufen, daß er herkommt«, schlug Emmanuel vor.

»Versuchen wir es!« sagte Vidal.

»Das ist nebensächlich«, schnitt ihm der Major das Wort ab. »Du, Vidal, rufst besser im Hot-Club an, wegen eines Orchesters. Das macht mehr Krach als ein Plattenspieler…«

»Nicht nötig!« sagte Vidal. »Es drängt sich Claude Abadie auf.«

Er bemächtigte sich des Apparats und wählte die bekannte Nummer: Molyneux, draisigachtnuldry.

Unterdessen setzte der Major seine Konferenz fort.

»Damit alles klappt, brauchen wir zwei Dinge:

1.) wir müssen ihnen was zu essen geben, damit sie nicht krank werden, wenn sie getrunken haben;

2.) wir müssen ihnen zu trinken geben, damit sie lustig werden.«

»Ich werde mich drum kümmern, daß sie was zu essen bekommen«, sagte Zizanie.

»Ein paar Mädchen, die guten Willens sind«, rief sie und entfernte sich in Richtung Küche, wohin ihr bald die gewünschte Anzahl von Hilfen folgte.

»Abadie kommt«, verkündete Vidal. »Gruyer geht bei mir vorbei und bringt mir meine Trompete.«

»Gut«, sagte der Major. »Rufen wir Levadoux an.«

»Etwas spät«, bemerkte Vidal.

Es schlug achtzehn Uhr vierzig auf der vorsintflutlichen Kuckucksuhr.

»Man kann nie wissen«, sagte Emmanuel. »Versuchen wir es.«

Zum Glück war die Telefonistin des Konsortiums, die von Miqueut aufgehalten worden war, noch da.

»Monsieur Levadoux ist weggegangen«, sagte sie. »Geben Sie mir Ihre Telefonnummer... Falls er heute nacht wieder herkommen sollte, könnte er Sie zurückrufen.«

Sie lachte selber über diesen köstlichen Witz.

Emmanuel gab ihr seine Telefonnummer, und sie schrieb sie neben seinen Namen auf ein Stück Papier.

»Falls ich ihn beim Weggehen treffe, werde ich ihm sagen, daß er Sie anrufen soll«, versprach sie.

»Soll ich Ihnen Monsieur Miqueut geben?«

»Nein danke, wirklich nicht nötig«, sagte Emmanuel, der Hals über Kopf auflegte.

Es bestand keinerlei Aussicht, daß Levadoux an diesem Abend in sein Büro zurückkommen würde, doch die Telefonistin begegnete ihm im Treppenhaus, als er hinaufging, um seine Handschuhe zu holen, die er bei seinem Weggang zum Unterricht für den Hauptschulabschluß auf seinem Schreibtisch vergessen hatte.

Sie setzte ihn von dem Anruf in Kenntnis, und Levadoux klingelte eine halbe Stunde später beim Onkel Odilonnes.

Die Anweisungen des Majors, die genau eingehalten wurden, brachten bereits gute Ergebnisse. Gespusis liefen umher, beladen mit schweren Tabletts, die die Basis der pyramidalen (oder pyramygdalen, wie die Oto-Rhino-Laryngolisten sagen) Stapel mit Schinkenbroten bildeten. Andere stellten Teller mit Sahnetorten auf die Möbel, und der Major komponierte hinter einem makellos reinen Tischtuch einen Monkey's Gland mit rotem Pfeffer, sein Lieblingsgetränk.

An einem Nagel an der Decke der Speisekammer hing, vom Fleisch gelöst, der Knochen eines Schinkens. Fünf Männer (wie eindeutig zu sehen war) tanzten um ihn herum einen

wilden Tanz. Die dumpfen Faustschläge der Köchin Berthe
Planche, die man in einem Wandschrank eingesperrt hatte,
schlugen den Takt zu diesem wilden Reigen. Da sie das aus
dem Takt brachte, befreiten sie sie und vergewaltigten sie alle
fünf, immer zwei und zwei. Dann setzten sie sie wieder in den
Wandschrank, aber diesmal auf das untere Brett.

Und an der Eingangstür ertönte das Große Durcheinander
von Abadies Orchester, bei dessen Lärm Zizanie hinstürzte.

2 »Wo ist D'Haudyt?« fragte Vidal, nachdem die Tür auf
war.

»Er ist gerade mit seinem Schlagzeug ein bißchen die Treppe
runtergefallen!« antwortete Abadie, der immer über die
kleinste falsche Note Bescheid wußte.

»Warten wir auf ihn.«

Und das vollständig versammelte Orchester hielt seinen Ein-
zug, beklatscht von der ungeheuren Menge seiner Bewun-
derer.

»Wir können nicht im Salon spielen, wenn das Klavier in der
Bibliothek steht«, bemerkte Abadie schlau, der seine Zeit am
Polytechnikum nicht unnütz verplempert hatte. »Los, Jun-
gens, schafft das Klavier rüber«, befahl er den vier untätigen
Jazzfans, die in einer Ecke Maulpfeifen feilboten.

Darauf brennend, sich nützlich zu machen, stürzten sie sich
auf das Klavier, einen Pleyel-Flügel, der einschließlich des
Pianisten siebenhundert Kilo wog.

Die Tür erwies sich als zu eng, und das Klavier sträubte sich.

»Umkehren!« befahl Antioche, der gute Kenntnisse in Bal-
listik hatte. »Es wird scheibenweise durchgeschafft.«

Im Verlaufe der Operation verlor das Klavier nur den Deckel,
zwei Füße und siebzehn kleine Stücke der Intarsien, von denen man acht am Ende des Transports wieder unterbringen
konnte.

Es gelangte an seinen Bestimmungsort, als Abadie sich ihm von neuem näherte.

»Eigentlich«, sagte er, »glaube ich, daß wir zum Spielen besser in der Bibliothek wären. Die Akustik, wie wir in Carva sagen, ist adäquater.«

Da das Instrument noch auf der Seite lag, war die Fortsetzung der Arbeit sehr einfach. Man ersetzte die abgebrochenen Füße durch Stapel dicker Bücher aus der Sammlung des Onkels. Das Ganze hielt bestens stand.

»Jungens, ich glaube, daß wir jetzt spielen können«, sagte Claude. »Stimmt die Instrumente.«

»Kommt und trinkt erst mal einen Schluck, bevor ihr spielt!« schlug der Major vor.

»Das wird nicht abgeschlagen!« stimmte der Chef zu.

Während seine Kollegen tranken, nahm Gruyer mit geilen Augen hinter seiner Brille und zerzauster Mähne wieder Kontakt mit einer Medizinstudentin auf, die er mehr oder weniger kannte. Seine Nase bebte, und sein Hosenlatz wurde verführerisch.

Die Stimme seines Chefs hielt ihn auf dem seifenglitschigen Abhang des Lasters auf, und der Lärm nahm Gestalt an.

Innerhalb von zehn Minuten hatte der Major in ausgedörrte Schlünde etwa hundert Liter brennender Getränke gegossen. Peter Gna, der bekannte Romantiker, gehörte zu den ersten, die diese unversiegbare Quelle nutzten. Nach vier bis zum Rand mit Cognac gefüllten Orangeade-Gläsern fing er an, sich in Form zu fühlen. Mit geblähten Nüstern machte er einige Runden im Saal, dann verschwand er hinter dem Vorhang eines Fensters und ließ sich bequem auf dem Balkon nieder.

Abadie spielte seinen großen Erfolg: *On est sur les roses*. Die Freude der Jazzfans erreichte ihren Höhepunkt. Ihre Beine verdrehten sich wie gabelförmige Okarinas, während die Holzsohlen kraftvoll diesen quadritemporellen Rhythmus skandierten, der die eigentliche Seele der Negermusik ist,

[161]

wie André Cœuroy sagen würde, der sich in der Musik ungefähr so auskennt wie der Zöllner Rousseau in der Geschichte.
Das heimtückische Gejohle der Posaune gab den Tollereien
der Tänzer einen quasi sexuellen Charakter und schien dem
Schlund eines schlüpfrigen Stiers zu entspringen. Die Scham-
berge rieben sich kräftig, sicherlich, um diese haarigen Aus-
wüchse abzuwetzen, die beim Kratzen stören und in denen
sich Nahrungsteilchen verkrümeln können, was schmutzig
ist. Voller Anmut stand Abadie an der Spitze seiner Männer
und stieß alle elf Takte ein aggressives Pfeifen aus, das die
Synkope bildete. Da sich die Atmosphäre ganz besonders für
die Entfesselung des Rhythmus eignete, gaben die Musiker
ihr Bestes und brachten es zuwege, ungefähr wie Neger des
siebenunddreißigsten Grades zu spielen. Ein Thema folgte
dem andern und keines glich dem andern.
Es klingelte an der Tür. Es war ein Gendarm. Er beklagte sich,
daß er einen zweiundvierzig und einige Kommas schweren
Übertopf aus Bronze auf den Kopf bekommen hatte. Nachdem man Nachforschungen betrieben hatte, stellte er sich als
eine Sendung Peter Gnas heraus, der allmählich auf seinem
Balkon wach wurde.
»Es ist zum Kotzen!« wetterte der Gendarm. »Ein Übertopf
aus der Ming-Zeit! So ein Vandale!«
Sein Schädelbruch störte ihn ein wenig beim Tanzen, daher
blieb er nicht lange. Man bot ihm Cognac an, den er zufrieden
trank, dann wischte er sich den Schnurrbart ab und fiel steif
und mausetot ins Treppenhaus.
Abadie spielte jetzt *Les Bigoudis* von Guère Souigne, ein wei-
terer alter Erfolg. Als der Major das sah, goß er sich zwei
Gläser Cognac ein.
»Auf dein Wohl, Major!« sagte er liebenswürdig und stieß die
beiden Gläser aneinander, trank aus Höflichkeit das zweite
zuerst und dann das erste. Worauf er sich in der Absicht, den
guten Fortgang der Operationen zu kontrollieren, in die
Flure entfernte…

Auf dem großen Tisch im Eßzimmer erblickte er einen haarigen Hintern, den zwei knotige Beine verlängerten und der sich auf zwei feineren, haarlosen und mit einem bräunlichen Überzug bedeckten (Perte de Créole, von Rambaud Binet) Beinen bewegte. Da es ziemlich dunkel war, verstand er nicht.

»Bleiben Sie bedeckt!« sagte er jedoch liebenswürdig, denn er sah, daß das junge Mädchen Anstalten machte, sich freizumachen.

Diskret kehrte er in den Flur zurück.

Sein geübtes Ohr bemerkte seit einigen Augenblicken eine beachtliche Verringerung der Lautstärke der Musik. Nur der Weggang Gruyers konnte eine solche Wirkung haben. Ausgestattet mit einer Vorsicht experimentellen Ursprungs, stieß er vorsichtig die Tür des nächsten Raums auf.

Er bemerkte im Halbdunkel der vorgezogenen Vorhänge einen Schatten mit gelockter Mähne und spiegelnder Brille, den er auf der Stelle identifizierte. Ein hellerer und anständig molliger Schatten lag auf einem nahen Sofa, von allem Überflüssigen befreit. Ein Fluch, der seit langem wartete, begrüßte das Erscheinen des Majors und verließ den Raum mit ihm, der sorgfältig die Tür wieder schloß.

Der Major setzte seinen Gang ins Blaue fort.

Als er Lhuttaire, dem Vibrrrattto-Klarrrinnnettissten, begegnete, der sich gerade ein Krügelchen hatte schmecken lassen, wies er ihn leise auf den Nutzen eines periodischen Besuchs in der Höhle Gruyers hin, der bestimmt bald schon, wenn die erste Aufregung verflogen sei, in Aktion treten würde. Lhuttaire stimmte sofort zu.

Zum Schluß ging der Major noch das Badezimmer kontrollieren, von dem er aus Erfahrung wußte, daß es bei Parties ein ziemlich oft und gern besuchter Ort ist. Er blieb nicht lange dort. Die Gegenwart eines völlig bekleideten Mannes in einer Badewanne mit eisigem Wasser, zusammen mit einem Hund, genügte in der Regel, um ihn zu entmutigen.

Da nun setzte sich das Läutwerk des Telefons in Bewegung, traf die Kette seiner Gehörknöchelchen und setzte den Haufen kleiner Dinger in Vibration, die man in den Ohren hat, und daraufhin hörte er es, als er die Diele durchquerte, um wieder an den Ort der Tänze zurückzukehren.

3 »Hallo? Monsieur Loustalot?«
»Guten Abend, Monsieur Miqueut«, sagte der Major, da er das harmonische Organ seines Chefs erkannte.
»Guten Abend, Monsieur Loustalot. Geht es Ihnen gut? Könnten Sie mir, nicht wahr... Monsieur Pigeon geben?«
»Ich will mal sehen, ob er da ist!« sagte der Major.
Pigeon stand schon hinter ihm.
Und er machte dem Major Zeichen heftiger Verneinung.
Der Major wartete eine Minute, dann:
»Ich finde ihn nicht, Monsieur«, sagte er. »Sie haben sicherlich große Mühe gehabt, unsere Nummer herauszufinden...«, fuhr er fort, wobei ihm plötzlich die Anomalie klarwurde, die darin bestand, daß... usw...
»Aber... äh... letztendlich, nicht wahr... habe ich Ihre Telefonnummer in der Telefonzentrale gefunden, wo Madame Legeai sie auf ein Stück Papier geschrieben hatte. Das ist sehr dumm... Ich hätte Pigeon gebraucht, um mit ihm eine dringende Angelegenheit zu besprechen.«
»Ist es nicht etwas spät?« sagte der Major.
»Äh ... natürlich, gewiß, aber im Grundprinzip ... da er schon mal da ist, nicht wahr. Na schön, ich rufe Sie in einer halben Stunde noch einmal an. Bis nachher, mein braver Loustalot.«
Der Major legte auf. Pigeon war niedergeschmettert.
»Sie hätten sagen sollen, daß ich nicht da bin, alter Junge...«
»Das ist ohne Bedeutung«, sagte der Major. »Ich werde das Telefon nämlich vernageln.«

Er packte den Apparat und warf ihn energisch auf den Fußboden. Mit der Fußspitze stieß Pigeon die fünf Teile unter ein Möbelstück.

Es klingelte erneut.

»Herrzeusnochmal!« rief der Major. »Wir haben es nicht gut vernagelt.«

»Sie irren sich«, sagte Pigeon. »Das ist die Eingangstür.«

Er machte auf. Der Mieter von untendrunter, bis zum Gürtel in einem verzierten Kronleuchter aus Neusilber steckend, beklagte sich und brachte den Kronleuchter zurück, der manche seiner Bewegungen lähmte, zusammen mit einem Jazzfan, der im Augenblick des Kronleuchterfalls Tarzan gespielt hatte.

»Diese beiden Gegenstände gehören Ihnen!« sagte der Mieter.

»Aber…«, sagte der Major, »ist das nicht Ihr Kronleuchter?«

»Nein«, sagte der Mieter, »ich habe meinen unten gelassen.«

»Ach so«, sagte der Major. »Dann ist es unser Kronleuchter.«

Der Major beglückwünschte den Mieter zu diesem Beweis von Redlichkeit und bot ihm ein Glas Cognac an.

»Monsieur«, sagte der andere, »ich verachte Sie viel zu sehr, Sie und Ihre Bande von Jazzfans, um in Ihrer Gesellschaft Ihre gepanschten Getränke zu trinken.«

»Monsieur«, sagte der Major, »ich hatte keineswegs die Absicht, Sie zu beleidigen, als ich Ihnen dieses Glas Alkohol anbot.«

»Entschuldigen Sie bitte«, sagte der andere und nahm das Glas, »ich hatte es für Traubensaft gehalten. Ich bin es gar nicht mehr gewohnt, soviel Cognac auf einmal zu sehen.«

Er trank auf einen Zug.

»Stellen Sie mich doch dem Fräulein vor!« sagte er zum Major und zeigte auf ein dickes Mädchen, das durch die Diele ging. »Ich heiße Juste Métivier.«

Das betreffende Geschöpf machte keine Schwierigkeiten, um sich von dem keuchenden Vierziger engagieren zu lassen, der beim dritten Anlauf in dem vom Fall des Kronleuchters hinterlassenen Loch verschwand.

Um einen weiteren Unfall zu vermeiden, rollte der Major ein Möbelstück über die Öffnung, das allerdings ein wenig zu klein war und ebenfalls verschwand. Es landete mit einem dumpfen Geräusch. Dann versuchte er es mit einem echten Lappländer Schrank, den der Onkel sorgfältig in einem Kühlraum aufbewahrte und der genau in die Form des Loches paßte.

Er ging auf die Suche nach Lhuttaire, nach dessen Befinden man ihn mit einer hübschen Stimme und blauen Augen fragte. Er ärgerte sich zwar krumm, daß er sich nicht in aller Ruhe um seine liebe Braut kümmern konnte, aber sie tanzte so gern mit Hyanipouletos, dem Gitarristen Claudes, daß er nicht die Traute hatte, sie herbeizurufen.

Im Flur wartete eine lange Reihe von Jungens vor der Tür des Raums, in dem sich Gruyer verschanzt hatte.

Der erste in der Reihe, mit einem Sehrohr ausgerüstet, beobachtete das Innere des Raums durch eine Öffnung, die mit Dynamit in die obere Türfüllung gesprengt worden war. Der Major erkannte Lhuttaire.

Beruhigt beobachtete er. Auf den von letzterem mit energischer Stimme hervorgebrachten Befehl stürzten sich die vier, die die Reihe bildeten, als Masse ins Innere des Zimmers.

Man hörte den Lärm einer süßsaueren (sauer von Seiten Gruyers) Diskussion, die klagende Stimme eines Mädchens, das gegen alle Wahrscheinlichkeit behauptete, müde zu sein und die Proteste der Vier, die behaupteten, kein anderes Ziel zu haben als an einem ruhigen Ort eine Partie Bridge zu spielen. Man erblickte ein gelocktes Individuum mit Brille und keiner Hose, dessen Hemd vorne lustig abstand. Man sah die vier Eindringlinge brummend herauskommen. Die Tür ging wieder zu, und der zweite nahm nun seinerseits das Sehrohr.

Der Major schnappte sich Lhuttaire, der sich diesmal ans Ende der Schlange gestellt hatte.

»Du wirst verlangt!« sagte er zu ihm.

»Wo?« sagte Lhuttaire.

»Dort!« sagte der Major.

»Ich gehe hin!« sagte Lhuttaire, und er flitzte nach der andern Seite, den Major mit sich ziehend.

Im Badezimmer schüttelte sich der Hund, der müde war, kräftig auf dem Gummiteppich. Der Mann war gerade eingeschlafen, und sein Atem bohrte einen kleinen Trichter in das Wasser, das bei der Berührung mit dem Körper wärmer wurde.

Sie kämmten sich beide vor dem Spiegel, ohne ihn wachzumachen. Dann zogen sie vorsichtig den Stöpsel aus der Badewanne und ließen den Schläfer auf dem Trockenen liegen. Seine Kleider rauchten jetzt, und der Dampf erfüllte allmählich den Raum.

Gefolgt von dem Hund, der einige Schwierigkeiten beim Laufen hatte, gingen sie hinaus und zogen auf Abenteuer aus, wobei sie sich übers Kino unterhielten.

An der Biegung des Flurs bekam der Major einen Mayonnaisesandwich, der wie eine Amsel pfeifend fröhlich durch die Atmosphäre flog, mitten ins Gesicht.

»...Hayakawa ... so was kommt vor!« schloß er, mitten in einer Tirade über den japanischen Film jählings unterbrochen.

Lhuttaire hob den Sandwich auf und beförderte ihn mit Schwung in die Richtung, aus der er zu kommen schien. Er konnte sogleich feststellen, was für eine wunderbare Wirkung Mayonnaise auf langen, roten Haaren zeitigt.

Der Kamm des Majors, der nicht nachtragend war, ebnete die Mischung ein, und Lhuttaire und er stürzten sich auf das Individuum, für das das Geschoß ursprünglich bestimmt war. Sie verdroschen dieses Stinktier mit wilden Nasenstübern, und jeder die Rothaarige an einem Arm packend, gingen sie weg, um sich in einer bequemen Ecke eine halbe Stunde lang unschuldigen Spielen hinzugeben.

4 Der Einbruch der Nacht schien die Raserei der mit Cognac vollgeschütteten Jazzfans zu verstärken. Schweißtriefende Paare machten Kilometer im Laufschritt, faßten sich, ließen sich los, warfen sich einander zu, fingen sich auf, drehten sich um die eigene Achse, drehten sich wieder zurück, spielten Heuschrecke, Watschelente, Giraffe, Wanze, Springmaus, Wanderratte, Faß-mich-da-an, Halt-mal-das, Nimm-deinen-Fuß-weg, Heb-dein-Untergestell, Beweg-deine-Beine, Komm-näher, Geh-weiter-weg, wobei sie neben Neger- und Hottentottenflüchen englische, amerikanische, bulgarische, patagonische, feuerländische und kohetera Flüche losließen. Sie waren alle gelockt, sie hatten alle weiße Socken und enge Hosen, sie rauchten alle helle Zigaretten. Auf den Gesichtern der Dümmsten breitete sich hochmütiger Dünkel aus, wie sich das so gehört, und interessante Betrachtungen über die dämpfende Rolle der mit Banknoten gefüllten dicken Brieftaschen gegen Fußtritte in den Dingsbums kamen dem Major zu Ohren, während er interessiert die kombinierten Luftsprünge eines Dutzends zerzauster Fanatiker beobachtete. Um etwas Schwung hineinzubringen, entkorkte er einige neue Flaschen und goß sich ein bis zum Rand gefülltes Glas ein. Er spülte sein Glasauge auf dem Boden des Glases ab und mit einem Blick, der glänzender war denn je, stürmte er einem kleinen Mädchen entgegen.

Zizanie hatte den Raum in Gesellschaft von Hyanipouletos verlassen.

Doch mitten in der Arbeit wurde der Major von heftigen Schlägen gestört, die an die Tür ballerten.

Es waren zwei neue Vertreter der Ordnung. Sie hatten gerade einen großformatigen Blumenkasten aus kupferplattiertem Eichenholz auf den Kopf bekommen. Die Verwertungshauptstelle für nicht eisenhaltige Metalle war fünfzig Meter weiter, und sie protestierten und schworen, ihre Aufgabe bestehe darin, die Ordnung aufrechtzuerhalten und nicht Blei durch die Gegend zu schleppen.

»Sie haben recht!« sagte der Major. »Gestatten Sie bitte, eine Minute…«

Er ging zum Balkon, auf dem sich Peter Gna, ein wenig erschöpft von seiner neuerlichen Anstrengung, eine Zigarette rauchend ausruhte.

Der Major packte ihn an Kragen und Gürtel und schmiß ihn hinab. Er warf ihm seine pelzgefütterte Lederjacke hinterher, um ihm eine Erkältung zu ersparen, und ein Mädchen, um ihm Gesellschaft zu leisten und kam dann wieder zurück, um sich um seine neuen Gäste zu kümmern.

»Etwas Cognac?« fragte er sie aus Gewohnheit.

»Gern«, sagten die beiden Gendarmen mit einer einzigen Stimme. Der Stimme der Pflicht.

Nach zwei Flaschen fühlten sie sich wohler.

»Soll ich Sie jungen Mädchen vorstellen?« schlug ihnen der Major vor.

»Wir bitten tausendmal um Entschuldigung«, sagte der Dicke, der einen roten Schnurrbart hatte, »aber wir sind, wie man so schön sagt, Pödörasten aus Neigung.«

»Gehen Sie gemeinsam vor?« fragte der Major.

»Na ja… ausnahmsweise können wir uns ja mal ein… bißchen gemein machen!« sagte der Magere, dessen Adamsapfel sich wie eine Ratte in einem Ofenrohr auf und ab bewegte.

Der Major winkte zwei Jazzfans heran, Schüler des großen Maurice Escande, und stellte sie den beiden Gendarmen zur Verfügung.

»Wir verhaften euch!« sagten diese letzteren. »Kommt mit, damit wir euch in die Mangel nehmen…«

Sie verschwanden in einem Besenschrank, den der Major ihnen überließ. Besenstiele sind nützlich für den Fall, daß die Beleuchtung ausfällt und Bohnerwachs bildet ein gutes Ersatzerzeugnis.

Immer zufriedener über den Erfolg seiner Party, machte der Major einen Vorstoß ins Badezimmer, brachte Hyanipouletos, der gerade wieder aufgetaucht war und dessen Hose

[169]

anfing, zusammenzukleben, ein trockenes Handtuch mit und machte sich auf die Suche nach Pigeon, während Claude Abadies Orchester, das seinen Gitarristen wiedergefunden hatte, erneut loslegte.

Er fand Emmanuel in einem der hinteren Zimmer. Er bog sich vor Lachen, als er drei unheimlich besoffene Jazzfans sah, die sich jeder in zwei Hüte erleichterten, einer vorne und einer hinten.

Er schenkte diesem ziemlich alltäglichen Phänomen keine Aufmerksamkeit, sondern machte das Fenster auf wegen dem Geruch, warf die Jazzfans und die Hüte in den Innenhof des Gebäudes und setzte sich neben Emmanuel, der zu husten anfing, so mußte er lachen.

Er klopfte ihm auf die Schulter.

»Na, alter Junge, läuft alles nach Wunsch?«

»Bestens!« sagte Emmanuel. »Nie so gelacht. Gesellschaft von sehr gutem Geschmack. Sehr distinguiert. Alle Achtung.«

»Haben Sie«, sagte der Major, »einen passenden Partner gefunden?«

»In der Regel suche ich mir keine Partner, sondern Partnerinnen, und die habe ich gefunden, aber ich muß Ihnen gestehen, ich hatte da eine wüste Nummer mit…«

»Wem?« fragte der Major.

»Es ist besser, ich sage es gleich«, sagte Emmanuel. »Mit ihrer Braut.«

»Sie haben mir Angst gemacht!« sagte der Major. »Ich hatte schon geglaubt, Sie hätten den Hund ramponiert.«

»Das habe ich auch geglaubt!« sagte Emmanuel. »Ich habe es erst hinterher gemerkt…«

»Es stimmt schon, daß sie komisch gebaut ist!« sagte der Major. »Aber ich bin letztlich doch froh, daß sie Ihnen gefallen hat.«

»Sie sind ein sympathischer Bursche!« schloß Pigeon, dessen Atem, wenn man es sich recht überlegte, ziemlich stark an die Atmosphäre der Firma Hennessy erinnerte (Cognac, Charente).

»Kommen Sie, machen wir einen Rundgang«, schlug der Major vor. »Ich möchte Antioche wiederfinden.«

»Wissen Sie nicht, wo er ist?« wunderte sich Emmanuel.

»Nein...«

»Er schläft im Zimmer nebenan.«

»Nicht blöd, der Junge!« lobte der Major bewundernd. »Ich vermute, er ist eingesperrt?«

»Ja«, sagte Emmanuel. »Und ganz allein«, fügte er neidvoll hinzu.

»Der Glückspilz...«, murmelte der Major. »Dann kommen Sie, machen wir trotzdem einen Rundgang. Wir werden ihn schlafen lassen.«

Im Flur sprach Lhuttaire sie an.

»Es ist einfach toll«, sagte er zu ihnen. »Ich habe gerade Gruyer einen Besuch abgestattet. In voller Aktion. Bis zum Handgelenk... Er hat seine Hand nicht schnell genug zurückziehen können, sonst hätte er mir eine Flasche in die Fresse gewuchtet, aber es war Spitze!«

»Du hättest ruhig auf uns warten können!« sagte der Major. »Was sollen wir jetzt noch Lustiges machen?«

»Wir können ja einen trinken gehen«, sagte Lhuttaire.

»Gehen wir.«

Als sie in die Diele kamen, blieben sie stehen, denn sie glaubten Rufe zu hören.

Es kam von der Eingangstür.

»Miqueuts Stimme!« murmelte der Major... und Emmanuel verschwand wie leichter Rauch, nahm die Beine in die Hand zu einem furchtbaren Sprint im Flur und setzte sich schließlich auf die Wasserspülung im Klo, schön in sich zusammengekrümmt und mit Hilfe eines alten Schuhs geschickt getarnt.

Der Major dachte ganz schnell nach.

Er machte die Tür auf.

[171]

»Guten Abend, Monsieur Loustalot«, sagte Miqueut. »Geht es Ihnen gut?«

»Danke Monsieur«, sagte der Major. »Und Ihnen?«

»Äh… nicht wahr, ich habe im Augenblick im Konsortium ein Mitglied der Kommission für Wegwerfpackungen an der Strippe, und ich wollte Pigeon um gewisse Auskünfte bitten… Deshalb bin ich hergekommen und habe mir erlaubt, Sie zu stören… Hin… Hin…«

»Geh ihn holen!« sagte der Major mit einem Augenzwinkern zu Lhuttaire. »Kommen Sie hier entlang, Monsieur«, sagte er zu Miqueut. »Hier ist es gemütlicher.«

Zwischen dem Badezimmer und dem Verschlag, in dem die beiden Gendarmen und ihre Arschgeigen immer noch am Werk waren, gab es eine Abstellkammer, die zwei Stühle und ein gebrauchtes Senfpflaster enthielt.

Der Major führte Miqueut dorthin.

»Hier werden Sie Ihre Ruhe haben«, sagte er zu ihm.

Er stieß ihn sanft hinein.

»Ich schicke Ihnen Pigeon sofort.«

Er machte die Tür zu, schloß zweimal ab und verlor umgehend den Schlüssel.

5 Um halb drei in der Früh war die Partie auf ihrem Höhepunkt. Die Jazzfans waren aufgeteilt in zwei gleich starke Gruppen: jene, die tanzten und die Stöber- und Schnüffeltypen. Letztere verteilten sich aufs Geratewohl in den Zimmern, auf den Betten, auf den Sofas, in den Schränken, unter den Möbeln, hinter den Möbeln, hinter den Türen, unter dem Klavier (es gab insgesamt drei davon), auf den Balkonen (mit Decken), in den Ecken, auf den Teppichen, auf den Schränken, unter den Betten, in den Betten, in den Badewannen, in den Schirmständern, hier und da, auf beiden Seiten, im Gänsemarsch, auch sonstwo noch und so ziemlich

überall. Jene, die tanzten, hatten sich in einem einzigen Raum um das Orchester herum versammelt.

Claude Abadie hörte gegen drei Uhr zu spielen auf. Er wollte sich am nächsten Tag einen Kampf von Lokalinteresse um den ovalen Ball der Generatorspediteure gegen die Eisenbahner ansehen, Rugby Straße gegen Rugby Schiene, und es lag ihm daran, ein wenig zu schlafen.

Vidal ließ seine Trompete los, zog sein Futteral unter den Hinterbacken D'Haudyts hervor, der zwei konische Löcher hineingebohrt hatte, machte sich auf die Suche nach Emmanuel und kehrte, nachdem er den Major auf die Stirn geküßt hatte, zum Orchester zurück, das aufbrach. Die Jazzfans setzten den Plattenspieler wieder in Gang und tanzten noch wilder.

Antioche war gerade wach geworden und tauchte in Gesellschaft des Majors wieder auf.

Im Badezimmer stand der Mann in der Wanne auf, öffnete den Gashahn, drehte den Warmwasserhahn auf und schlief in der Badewanne wieder ein, wobei er ganz schlicht vergaß, das Gas anzuzünden.

Eine halbe Stunde verging…

Miqueut roch in seiner Zelle den Geruch des Gases und sein nahes Ende. Fieberhaft zog er einen Notizblock aus der Tasche, nahm seinen Dauerschreiber und begann zu schreiben…

1.) Allgemeines, a) Zweck des Nothons. Der Zweck des vorliegenden Nothons ist die Definierung der Bedingungen, unter denen ein Hauptunteringenieur seinen Geist aufgeben muß, wenn er den Erstickungstod erleidet, der ihm durch Niederdruckleuchtgas auferlegt wird…

Er schrieb ein Vor-Nothon und dann folgte der Nothon-Entwurf…

Nun, die Katastrophe trat ein…

Zwei Jazzfans gingen am Badezimmer vorbei. Ein Streit wegen nichts entzweite sie. Es kam zu einem Faustschlag auf

ein Auge, ein Funke... ein furchtbarer Blitz... ein Wohnhaus
ging in die Luft...

6 Der Major saß auf dem Pflaster des Innenhofes, von
Trümmern übersät, und betupfte sich das linke Auge
mit einem Stück Heftpflaster.
Neben ihm trällerte Antioche einen Blues.
Sie waren die einzigen Überlebenden der Katastrophe. Der
ganze Häuserkomplex war in die Luft gegangen, ohne irgend
jemanden zu stören, denn in der Gegend von Billancourt war
ein kleiner Bombenangriff in Gang.
Dem Major blieb nur noch sein Hut, sein Slip und sein Glasauge. Antioche hatte seine Krawatte. Einige Meter weiter
verbrannte der Rest ihrer Kleider mit rußiger Flamme. Die
Luft roch nach Teufel und Cognac. Staub und Bauschutt fielen langsam in dichten Wolken wieder herunter.
Antioche, dessen Körper früher mit einer üppigen Behaarung bedeckt war, funkelte jetzt, glatt wie eine Regenmantel-
haut, und das Kinn in der Hand dachte er nach.
Und der Major sprach.

»Eigentlich«, sagte er, »frage ich mich, ob ich wirklich für die
Ehe geschaffen bin...«
»Das frage ich mich auch...«, sagte Antioche.

Zu dieser Ausgabe   »Drehwurm, Swing und das Plankton« (Vercoquin et le plancton) schrieb Boris Vian 1943/44. Die erste Fassung nennt als Autor »Hochwürden Boris Vian von der Gesellschaft Jesu«. Die 1945 überarbeitete Version des Romans erschien, vermittelt durch Jean Rostand, in der von Raymond Queneau betreuten Reihe »La Plume au vent« bei Gallimard. Jean Rostand, der Sohn des berühmten Dramatikers Edmond Rostand, bewohnte die dem Vianschen Grundstück in Ville D'Avray benachbarte Villa. Sein Sohn François, der »Mon Prince« genannt wurde und der ein Buch mit dem Titel »L'Imitation de soi chez Corneille« verfaßt hatte, ist in »Drehwurm, Swing und das Plankton« als Corneille Monprince portraitiert (in Kapitel 7 und 8 des ersten Teils). Boris Vian und sein Freund Jacques Loustalot treten wiederum, wie schon in »Aufruhr in den Andennen«, als Antioche Tambrétambre und der Major in Erscheinung.

Als Boris Vian 1942 Trompeter in der Amateurjazzband von Claude Abadie wurde, wirkte dort bereits sein Bruder Alain als Schlagzeuger mit, und Lélio Vian schloß sich ebenfalls der Band als Gitarrist an. Die Vians huldigten dem New Orleans-Stil, veranstalteten Swing-Festivals und wurden zu Vorkämpfern des Bebops. Alle Bandmitglieder arbeiteten tagsüber in anderen Berufen; Boris Vian war Ingenieur in der Abteilung Glas des Französischen Normenausschusses, später beim Verband der Papier- und Pappeindustrie. Abadie, als Polytechniker ausgebildet, arbeitete als Direktionssekretär bei der Bank von Paris. Die Musiker nahmen fast jede Einladung zum Spielen an, sei es, wenn ein Wirt in seinem Lokal eine unkonventionelle Attraktion bieten wollte, sei es, wenn es eine Hochzeit zu feiern oder eine Party musikalisch zu umrahmen galt.

In marineblauen Anzügen mischten sie sich unter die Gäste und tanzten mit, wenn es ihnen Spaß machte. Ihr Lohn war oft nur ein Drink oder ein Sandwich. Erlaubt war alles, die einzige Moral, die alle Bandangehörigen strikt befolgten, war die Weigerung, einen Titel zu spielen, den sie für schlecht hielten.

Die Verse in Kapitel 8 des dritten Teils parodieren Gedichte von José Maria de Hérédia, Émile Verhaeren und Victor Hugo.

Der Übersetzung von Eugen Helmlé liegt die im Oktober 1946 imprimierte Erstausgabe zugrunde. Korrigiert wurde lediglich die fehlerhafte Kapitelnumerierung im Ersten Teil, der in der Originalausgabe zwei Kapitel 10, aber kein Kapitel 9 hat, sowie im dritten Teil, der kein Kapitel 6 hat, so daß sich bei fortlaufender Numerierung nur noch elf Kapitel ergeben.

Klaus Völker

Boris Vian   Geboren 1920 in Ville d'Avray. 1939 École Centrale des Arts et Manufactures in Angoulême. 1942 Ingenieursexamen. Begründet eine Amateurjazzband mit Claude Abadie. 1946/47 erscheinen seine ersten Romane, gefördert von Raymond Queneau und Jean-Paul Sartre. Bis 1947 Ingenieur; daneben und in den folgenden Jahren Schriftsteller, Jazztrompeter, Chansonnier, Schauspieler, Übersetzer und Leiter der Jazzplattenabteilung bei Philips. Starb 1959 in Paris.

Werke von Boris Vian
Verzeichnis der Erstausgaben

J'irai cracher sur vos tombes. Roman. Paris, 1946
Vercoquin et le plancton. Roman. Paris, 1946
L'Écume des jours. Roman. Paris, 1947
Les Morts ont tous la même peau. Roman. Suivi de *Les Chiens, le désir et la mort.*
Paris, 1947
L'Automne à Pékin. Roman. Paris, 1947
Barnum's Digest. Poèmes. Paris, 1948
Et on tuera tous les affreux. Roman. Paris, 1948
Cantilènes en gelée. Poèmes. Limoges, 1949
Les Fourmis. Nouvelles. Paris, 1949
L'Herbe rouge. Roman. Paris, 1950
L'Équarrissage pour tous. Pièce. Suivi de *Le dernier des métiers.* Paris, 1950
Elles se rendent pas compte. Roman. Paris, 1950
L'Arrache-cœur. Roman. Paris, 1953
En avant la Zizique. Esquisse d'une classification des chansons. Paris, 1958
Fiesta. Opéra en un acte. Livret de Boris Vian; Musique de Darius Milhaud.
Paris, 1958
Les Bâtisseurs d'Empire. Pièce. Paris, 1959
Zoneilles (avec Michel Arnaud et Raymond Queneau). Paris, 1961
Je voudrais pas crever. Poèmes. Paris, 1962
Le Goûter des généraux. Pièce. Paris, 1962
Textes et chansons. Paris, 1966
Trouble dans les Andains. Roman. Paris, 1966
Chroniques de Jazz. Paris, 1967
Le Loup-garou. Suivi de douze autres nouvelles. Paris, 1970
Théâtre inédit: Tête de méduse, Série blême, Le Chasseur français. Paris, 1971
Chroniques du Menteur. Paris, 1974
Manuel de Saint-Germain-des-Prés. Texte présenté et établi par Noël Arnaud.
Iconographie rassemblée par d'Déé. Chêne. Paris, 1974
Le Chevalier de neige. Paris, 1974
Le Dossier de l'affaire »J'irai cracher sur vos tombes«. Paris, 1974
Derrière la zizique. Paris, 1976
Petits Spectacles. Paris, 1977
Cinéma. Science-Fiction. Paris, 1978
Traité de civisme. Paris, 1979
Écrits pornographiques. Paris, 1980
Écrits sur le Jazz. Tome I. Jazz-Hot / Combat. Paris, 1981
Le Ratichon baigneur et autres nouvelles inédites. Paris, 1981
Autres Écrits sur le Jazz. Tome II. Paris, 1982
La Belle Époque (Variétés). Paris, 1982

[178]

Opéras. Paris, 1982
Chansons. Paris, 1984
Cents sonnets. Paris, 1984
Rue des ravissantes et dix-huit autres scénarios cinématographiques. Paris, 1989

BORIS VIAN

Der Schaum der Tage

Ein Roman, in dem der literarische Witz die Gesellschaft
unterhält und untergräbt – der Kultroman über
eine seltsame Liebe, voller sprachlicher Erfindungen und
phantastischer Gegebenheiten.
Gebunden, 180 Seiten.

Der Deserteur

Dieser Band sammelt Chansons, Satiren und Erzählungen,
mit Bildern aus Vians Leben
und einer literarisch-biographischen Einführung.
Wagenbachs Taschenbuch 211, 144 Seiten.

Das rote Gras

In diesem Roman erforschen die Männer vergeblich sich
selbst, und die Frauen stehen und liegen kopfschüttelnd
daneben.
Wagenbachs Taschenbuch 233, 136 Seiten.

Ich werde auf eure Gräber spucken

Ein vollkommen verrückter Roman aus den alten
verfickten Zeiten: Boris Vian in der Verkleidung eines
schwarzen amerikanischen Krimi-Schriftstellers!
Wagenbachs Taschenbuch 240, 152 Seiten.

Wir werden alle Fiesen killen

Vom blutigen Anfänger zum Sex-and-Crime-Profi nimmt
Rock Bailey seinen Weg und entlarvt Dr. Schutz, der in
geheimen Laboratorien aus den schönsten Frauen und den
standhaftesten Männern makellose Klons herstellt und
damit schon etliche Fiese gekillt hat.
Wagenbachs Taschenbuch 242, 192 Seiten.

Aufruhr in den Andennen

Dieser Roman ist Boris Vians Erstling – er zeigt uns hier, wie fruchtbar die Liaison ungezügelter Phantasie mit einem frischen Ingenieursdiplom sein kann.
Wagenbachs Taschenbuch 243, 96 Seiten.

Tote haben alle dieselbe Haut

Eine witzige, böse Travestie auf den amerikanischen Krimi und seine machistischen, großmäuligen, prügelnden, saufenden Weiberhelden.
Wagenbachs Taschenbuch 244, 128 Seiten.

Faule Zeiten
Sämtliche Erzählungen 1

Eine unbändige Fabulierlust, spottgeladener Zorn auf uniformierte und zivile Autoritäten und anarchistischer Furor bilden die giftigen Ingredienzien und den heiteren Sprengstoff dieser Prosa.
Wagenbachs Taschenbuch 247, 208 Seiten.

Liebe ist blind
Sämtliche Erzählungen 2

Wie zieht man einer Existentialistin die schwarze Hose aus und was bleibt dann von ihr übrig? Ist die Liebe im Freien ratsam oder eher nicht? Boris Vian beantwortet grundlegende Lebensfragen.
Wagenbachs Taschenbuch 248, 240 Seiten.

Wenn Sie mehr über den Verlag wissen wollen,
dann schreiben Sie uns eine Postkarte.
Wir schicken Ihnen dann unseren jährlichen Almanach ZWIEBEL:
Verlag Klaus Wagenbach, Ahornstraße 4, 10787 Berlin

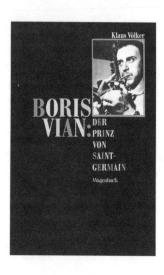

BORIS VIAN:

Der Prinz von Saint-Germain

Ein Lese- und Bilderbuch von Klaus Völker

Klaus Völker, der Vian selbst noch erlebte, hat mit dessen Biographie gleich auch die Innenansicht jenes Kulturlaboratoriums geschrieben, das in den Cafés und Jazzkellern von Saint-Germain-des-Prés seine Filialen hatte, und in Boris Vian einen seiner waghalsigen, aber auch menschenfreundlichsten Feuerwerker.
Das Buch sammelt nicht nur zahllose Dokumente zum Leben Vians, Erinnerungen seiner Freunde, seines Entdeckers Raymond Queneau, seiner Feinde in Klerus und Justiz, sondern zeigt auch rare Fotos von Boris Vian, seiner Umgebung, seinen Freunden.
Allgemeines Programm. Französische Broschur. Großformat, 160 Seiten.

Verlag Klaus Wagenbach, Ahornstraße 4, 10787 Berlin

Pressetöne

»Vian, der reizende Provokateur mit den großen Kinderaugen als nie zur Ruhe kommender Aktivist und Gegenpol zur intellektuellen Schlüsselfigur Jean Paul Sartre.«

Ulrike Bender, Kölner Illustrierte

»… der ungekrönte Liebling des Pariser Stadtteils um die Kirche von Saint-Germain, in dessen vielen Cafés und Kellerlokalen in den vierziger und fünfziger Jahren das Herz der französischen Kulturszene schlug.«

Michael Scheffel, Frankfurter Allgemeine Zeitung

»Ein überaus lebendiges Portrait eines Mannes und seiner Zeit. Die Straßen und die Kneipen von Paris scheinen sich wieder mit Menschen – von Jean Paul Sartre über Duke Ellington bis hin zu Juliette Gréco und Miles Davis – zu füllen. Und insofern kann dieses mit seltenen Photos, Zeichnungen und Dokumenten ausgestattete Buch als biographisches Meisterstück empfohlen werden.«

Harald Justin, Jazzthetik

Drehwurm, Swing und das Plankton
erschien als 8. Band der
Werke in Einzelausgaben

Wagenbachs Taschenbuch 249
Originalausgabe

© 1946 Éditions Gallimard, Paris. © 1982 für die deutsche Übersetzung
Zweitausendeins, Postfach, 60381 Frankfurt am Main. © 1995 für diese
Ausgabe Verlag Klaus Wagenbach, Ahornstraße 4, 10787 Berlin. Umschlag-
gestaltung Rainer Groothuis unter Verwendung einer Zeichnung von Jens
Bonnke. Gesetzt aus der Borgis Quadriga von der Offizin Götz Gorissen,
Berlin. Gedruckt auf chlor- und säurefreiem Papier und gebunden durch
Wagner, Nördlingen. Printed in Germany. Alle Rechte vorbehalten.
ISBN 3 8031 2249 X